# 殘損的微笑

## 吳岸詩歌自選集

吳岸　著

本書由「方北方出版基金」贊助

# 「馬華文學獎大系」總序

葉嘯（馬來西亞華文作家協會會長）

　　1989年，吉隆坡暨雪蘭莪中華工商總會創設了「馬華文學節」，馬來西亞華文作家協會倡議配合文學節，舉辦「馬華文學獎」，獎勵表現優秀的馬華作家。這個建議獲得多個團體回應支持，作為文學節的重點專案，每兩年主辦一次，至今已進入了第十一屆。每屆只頒發予一位得主，除獎狀外，獎金為馬幣一萬元，是為馬華文壇最高榮譽的文學獎。「馬華文學獎」的意義在於主辦單位為工商團體，首開風氣，體現了「儒」和「商」的結合，志在提高馬來西亞華文文學水準與作家社會地位，為馬華文學增添了實際的推動力。

　　「馬華文學獎」的評審除了評估候選人的文學創作成果和文學創作思想之外，也必須衡量候選人在推動及發揚馬來西亞華文文學方面的成績與貢獻。由此可見，「馬華文學獎」的得主不單具備顯著的創作成績，更需積極推動馬華文學的發展。

　　「馬華文學獎」的歷屆得主如下：

第一屆（1989）：方北方

第二屆（1991）：韋暈

第三屆（1993）：姚拓

第四屆（1995）：雲里風

第五屆（1998）：原上草

第六屆（2000）：吳岸

第七屆（2002）：年紅

第八屆（2004）：馬崙

第九屆（2006）：小黑

第十屆（2008）：馬漢

第十一屆（2010）：傅承得

馬來西亞華文作家協會作為歷屆「馬華文學獎工委會」顧問，在評選過程中，提供了實際的諮詢，確保「馬華文學獎」評審公正及嚴謹，以致「馬華文學獎」成為最具代表性的文學獎項之一，而歷屆的得主，可說是實至名歸。

工委會於2010年籌辦第十一屆「馬華文學獎」，我代表馬來西亞華文作家協會提出有意為所有「馬華文學獎」得主出版選集，以表揚、肯定他們在馬華文壇的貢獻。這項提議獲得工委會一致通過，並且邀請作協成為應屆的協辦單位，進一步加深了作協和「馬華文學獎」的關係。事實上，歷屆的得主幾乎都是作協的歷任會長或理事，因此，為歷屆得主出版選集，更是作協當仁不讓的使命。

在作協秘書長潘碧華博士的穿針引線下，我們獲得臺灣的秀威資訊股份有限公司支援，應允出版全部選集，並徵求「方北方出版基金」贊助部份經費。如此一來，解除了作協需

動用龐大出版經費的顧慮，可以全力以赴。

秀威的挺身而出，讓「馬華文學獎大系」的出版更具意義，這亦可視作馬華文壇前輩作家在馬來西亞以外的國家，首次作大規模的作品展示。我們不敢奢望選集暢銷熱賣，卻極期盼能夠藉此向大家推介「馬華文學獎」諸位得主，尤其是前行代作家如方北方、韋暈、原上草、吳岸、姚拓、雲里風、馬漢，代表了馬華文壇早期的鮮明特色；而年紅、馬崙、小黑，以至傳承得的中生代，顯現的又是另一番景色了。

本大系由潘碧華（大馬）、楊宗翰（台灣）兩位負責主編，每部選集特邀一位評論作者為「馬華文學獎」得主撰寫評介，相信有助於讀者更深一層瞭解馬華作家。我也要在此向秀威同仁致謝，因為大家的努力，本大系才得以順利誕生。

# 自序

　　我自一九五三年學生時期開始寫詩以來，屈指已近一個甲子。六十年來，人類社會已經發生巨大變化，我的家鄉砂勞越也已經從一個英國殖民地變成馬來西亞國的一個州屬。我則從激情的學生時代，經歷了十年繫身囹圄，出獄後闖蕩江湖，終又罹患癌症受盡煎熬，生活歷程堪稱滄桑。

　　自幼體弱多病的我，年輕時常有生命短暫的預感，現在能活到古稀之年，不能不感謝上蒼的厚愛，而自小並無大志的我，在文學上小有成就，則應感謝文壇前輩、文友們的提攜幫助，更不忘伴我風雨一生的亡妻的扶持。

　　《殘損的微笑》所收作品，選自我的八部詩集，即：《盾上的詩篇》、《達邦樹禮讚》、《我何曾睡著》、《榴槤賦》、《旅者》、《生命存檔》、《破曉時分》及《美哉古晉》。要從這八部寫於不同時空及題材繁雜的詩作中編選成一本詩集，頗費周章。為閱讀上的方便，我不按編年史，而以內容類別輯為七輯，即歲月、故園、真情、犀鄉、行腳等篇。內容既繁複如此，取書名亦不容易，姑以拙詩〈殘損的微笑〉名之，聊表些許生命的滄桑感。

我的第八部詩集《美哉古晉》，是以我出生地馬來西亞砂勞越古晉市華族歷史為題材的系列詩歌結集。我的祖父在清朝光緒年間移民至此，歷經一個世紀。這是一部關於我的誕生、成長和生活的市鎮，關於我、我的家族、族群和先輩的記憶與歷史。我以《美哉古晉》拋磚引玉，籲請東南亞詩友們也以各自所在地區華人先民的史蹟與滄桑為題材進行創作。畢竟我們都是幾百年前到南洋披荊斬棘的開拓者的後代。

　　《美哉古晉》獲得令我鼓舞的反響。台灣陳大為教授在來信中寫道：「我覺得馬華前輩作家大都錯過一個非常重要的主題，就是自己的生命經歷，尤其歷經英殖民、日據、馬共／砂共，那是可遇不可求的苦難與精彩，比起我輩平平凡凡的生平，有更高的寫作價值。如果您可以將個人（或祖父輩）與古晉的生活經歷寫下來，成為一部自傳體散文集，一定非常吸引人，那是一部家族史，也會是馬華散文史的重要地景。」

　　我很贊同陳教授的看法與建議，但以我目前的年齡與健康，我在給他的回信說，希望有生之年盡力而為了。

　　大馬作協和臺灣秀威資訊科技合作為文學獎得獎人出版選集，方北方出版基金贊助出版，作協秘書長潘碧華博士親臨古晉舍下探訪，張光達先生為本書撰寫評論，謹此向所有協助此書出版的單位和朋友致萬二分謝意。

二〇一二年二月十五日　于古晉葛園

# 從鄉土認同到婆羅洲地誌書寫

## ──論吳岸詩歌的獨特性

張光達

　　在馬華詩壇上，無論是從詩歌創作的質量，或馬華詩史的角度來說，吳岸無疑是當代馬華最重要的詩人之一。吳岸本名丘立基，一九三七年出生於馬來西亞砂勞越州首府古晉。根據詩人的自述，他自一九五三年學生時代起就開始寫詩，而自一九六二年出版首部詩集《盾上的詩篇》以來，到二〇〇八年的《美哉古晉》為止，總共出版了八部詩集。除了在一九六六年因參加「砂勞越獨立運動」，被監禁長達十年之久，出獄後繼續文學創作，超過半個世紀的時間耕耘不輟，為馬華作家中少數堅持寫作最久的作家之一。這數十年來的馬華詩歌由寫實到現代、由現代到後現代，早已經歷了好幾次的語言形式與風格的變化，而馬華詩人的陣容也迭有更替，在面對文壇的潮流興衰起落中，吳岸的詩作一本其誠摯感人的人文情懷，簡潔素樸的寫實筆法，屹立馬華文壇，而且屢獲國內外詩界與文學界大獎，順手拈來即有馬來西亞華文作家協會頒發的「崢嶸歲

月獎」、砂勞越政府頒發的文學獎、馬來西亞華文文學獎、國際詩人筆會頒發的「中國當代詩魂金獎」等，學術界也為吳岸作品舉辦過「吳岸作品學術研討會」，馬來西亞老牌文學雜誌《蕉風》及《南洋商報》的文學副刊〈南洋文藝〉也曾刊出吳岸的專輯，其文學成就廣受國內外學術界肯定，是不爭的事實。

　　要談吳岸數十年堅持寫作的心境寫照，還是得回到詩人本身的詩句裡印證，他在這本詩集《殘損的微笑》中藉〈序詩〉如是說：「不在乎你的解構／重要的是／我已橫渡大海／且單獨／且留下漩渦」，詩人以一種頗為自信的口氣，以過來人的經歷和身份宣稱：「我已橫渡大海，且留下漩渦」。詩人橫渡、勇闖那無限浩瀚的汪洋大海，留下令人矚目的漩渦，有如在文學世界裡留下了朵朵詩歌的印跡，藉由這些詩歌與文學創作成果，成為歷史（文學史）的見證。詩句裡詩人以一己的力量單獨面對整個文壇的是非起落，以小見大，愈發顯出其高貴豁達的胸襟，至此我們得以理解，無論是解構後設或是什麼主義，對強調「到生活中尋找繆斯」[1]，或堅持「所謂創作，是一種出自於自然的生命表達，它無需予製造，它是一種自我的實現」[2]的詩人來說，無疑已非吳岸詩歌創作的關注重點或優先考量。在數十年的寫作生涯中，詩人用詩清楚表達了他對

---

[1]　吳岸〈到生活中尋找繆斯〉，《到生活中尋找繆斯》（吉隆坡：大馬福聯會，1987），頁16-31。

[2]　吳岸《堅持與探索》（古晉：砂勞越華文作家協會，2004），頁46。

生命與生活的不屈本色，不刻意標榜或靠攏當代文學流派路向，也不會特地按照切合評論者的指示或模式去寫：「也不需要告訴我／生的姿態／雷霆攔腰的傷口上／長一臂的蒼道／且有飛瀑的笑聲／無關乎你的讚美／無關乎你的揶揄／無關乎你的主義與後設／我的姿態是一種／不屈」。字裡行間自有一股不同流俗的警醒與一份堅實的信念。在一篇訪談文字中，詩人說：「以傳統的現實主義創作方法為基礎，嘗試吸引現代的技巧進行創作，始終是我的詩觀。……我是開放的，絕不排斥任何新的手法，但我絕不追隨潮流。」[3]

吳岸早期的詩，例如〈祖國〉、〈在巴勒里〉、〈山中行〉、〈南中國海〉等作，在直接淺顯的寫實語言中，表達了詩人強烈的民族主義情感，以及對出生於、生活在這片土地／鄉土的身份認同。在這方面來說，〈祖國〉一詩可謂最具代表性。吳岸在詩中透過一個出生於婆羅洲的兒子送別年老的母親回歸中國的對話場景，具體表達了他對「祖國」的體認和定義，對於母親來說，很明顯的那個「一別多年的祖國」，「那裡的泥土埋著祖宗的枯骨」的祖國，自然是他父母那一輩人欲北歸的現實中國。但是對身為兒子的詩敘述者來說：「你的祖國曾是我夢裡的天堂」，「夢裡的天堂」點出母親的祖國（中國）對兒子只是一種精神上的傳承，即文化血緣上的

---

[3] 王偉明〈古晉河畔的盾——與吳岸對談〉，香港《詩網絡》3期，2002年。

承繼，而不是地理現實中的祖國。吳岸通過兒子的敘述，將他出生和生活的這座海島這片土地視為現實中的祖國：「我的祖國也在向我呼喚，／她在我腳下，不在彼岸，／這椰風蕉雨的炎熱的土地呵！／這狂濤衝擊著的陰暗的海島呵！」這裡我們看到「祖國」的內涵在詩句裡如何產生變化，從母親輩的回歸祖國（中國），到兒子口中對土地熱情洋溢的禮讚呼喚，甚至願意為腳下的祖國宣誓效忠：「我是個身心強健的青年，／準備為我的祖國獻身；／祖宗的骨埋在他們的鄉土裡，／我的骨要埋在我的鄉土裡！」這種出自對婆羅洲砂勞越土地認同的宣誓和禮讚的情感表現，讓祖國的內涵和定義在時代歷史變遷的視域中，成為詩人的國家認同的投射，以及建國前後那一代馬來西亞人的家國意識的印證。詩中母親與兒子對祖國不同的立場，有如克立佛（James Clifford）在探討離散現象（diaspora）的論文中所提出的「根」（roots）與「路」（routes）兩種居留狀態，「根」屬於家國，屬於過去與記憶，屬於有朝一日可望回歸的地方，「路」則屬於現在的居留地，屬於未來，導向未知。[4] 在面對母親回歸的家國與兒子的現實居留地當中，我們看到母親的祖國與兒子的祖國的不同定位，兩代人的國家認同彼此之間的差異，形成「祖國」的內涵

---

4    Clifford, James. *Routes: Travel and Translation in the Late Twentieth Century*. Cambridge, MA and London: Harvard UP, 1997, p. 250.

產生變化。對母親來說，「根」在中國，回歸祖國是回到那離散的始源地，而對於出生砂勞越的兒子來說，現實中的居留地是母親那一代離散族群走過的「路」，卻是他這個離散後裔認同的祖國，他的家國鄉土，他腳下踏實的「根」。母親代表從離散南洋到落葉歸根（回歸中國），兒子則代表離散後裔的落地生根（鄉土認同）。詩人透過兒子的敘述，清楚的道出作為離散者的後代，主體如何面對過去與未來，歷史記憶與生活現實，離散始源與時空變遷，認同轉換與定位之間的思考。在早期另一首詩〈南中國海〉中對此離散族群的身份認同有更為細緻的鋪陳，如同詩裡所說的：「感想尤其變得繁複，心緒尤其變得深沉」，祖先漂洋過海，漂流在南中國海的洪濤裡，「遠離故國來到這蒼莽的異鄉」。然而物換星移，異鄉已成為詩人的家園／家國／故鄉，作為離散後裔的敘述者在詩裡採用複數的我，明白道出集體的認同心態：「我們在這裡落土，又在這裡生根／我們餐的是椰風，宿的是蕉雨／炎陽天下烤黑了皮膚，但血仍然是血」，南中國海是族群離散的路徑，卻也是離散族群兩代人的「根」與「路」的聯繫所在：「你把北方的大陸和南方的島嶼分開／你又把北方的大陸和南方的島嶼連接起來」。誠哉斯言。

　　一九五七年馬來亞（半島）擺脫英國殖民政權獨立建國，一九六三年砂勞越、沙巴、新加坡與馬來亞組成聯邦，宣布成立馬來西亞，砂勞越和沙巴兩州即是吳岸筆下的婆羅

洲海島，也是詩人生於斯長於斯的土地。〈祖國〉一詩作於一九五七年八月十二日，距離馬來亞擺脫殖民政權獨立只有半個月的時間，彼時砂勞越社會在亞非各國的民族主義和民主浪潮的影響下，興起了反殖與爭取獨立自主的運動。青年詩人吳岸在英屬砂勞越的社會環境中，親身經歷這一切時代的風雲變化，根據他在一篇訪談中的自述，早在學生時代的五〇年代，他就已經參與帶有反殖民主義的學生運動和社會活動，在左翼報刊《新聞報》編《拉讓文藝》副刊，這份副刊大量刊登反映社會運動與反殖民主義色彩的作品，對後來的砂勞越華文文學起了開拓和帶動的作用。[5]由此角度來看，在政治局勢變幻莫測的那個年代，吳岸心中和詩筆下建構的「祖國」的認同意識深具意義。他儼然就是筆下的敘述者在見證歷史，認同現實中的家國為「祖國」，為國家的未來發出呼聲，以情感為主導的語言書寫，反映了大時代中一個知識青年或知識份子的自我心理寫照，以及自我認同的身份定位。

實際上戰後至五〇年代這段時期，無論在馬來亞半島，或是砂勞越的文藝活動，兩地的寫作人的創作普遍上表現反封建、反殖、反侵略、意識形態傾左、題材離不開社會運動、洋溢著愛國主義的文風。在半島（包括新加坡），從五〇年代初延續到馬來亞獨立前後幾年的時間，歌頌以馬來亞為祖國和愛

---

[5] 王偉明〈古晉河畔的盾——與吳岸對談〉，香港《詩網絡》3期，2002年。

國主義的觀念，一直是當時馬華詩界的主流基調。[6]這個時期的詩人吳岸，對婆羅洲脫離英屬殖民地獨立建國充滿憧憬，面對砂勞越殖民政府與殖民地人民漸趨激烈的政治鬥爭，很自然的藉詩歌藝術探討自身的位置和國家認同，因此愛國觀念與民族情感形成了他這個時期詩作的重心所在，證諸他在六〇年代積極參與砂勞越獨立運動，並非偶然。[7]吳岸早期詩中的家國意識和土地認同，具有強烈鮮明的鄉土觀念與愛國主義色彩，他把愛國思想情感投射到對土地家園、鄉土民情的題材書寫，在那個文藝界普遍瀰漫著愛國主義理想的年代，並不令人感到意外。一九六二年，年僅廿五歲的吳岸出版第一部詩集《盾上的詩篇》，詩集中有不少書寫鄉土的詩作，大部份寫於更早的五〇年代期間，如上述提到的〈祖國〉、〈南中國

6　對五〇年代馬華文藝的「愛國主義文學」一個簡短的介紹，見李錦宗〈戰後馬華文學的發展〉，收入林水檺、駱靜山編《馬來西亞華人史》（吉隆坡：馬來西亞留台校友會聯合總會，1984），頁377-378。亦可參考鍾怡雯〈遮蔽的抒情——論馬華詩歌的浪漫主義傳統〉一文第一節，論馬來亞獨立前後的「愛國主義詩歌」的浪漫色彩，對吳岸這個時期的詩作提出「現實主義遮蔽下的浪漫主義」，由於詩歌創作的主義觀念非本文的重點，故存而不論。鍾文第一節部分見《馬華文學史與浪漫傳統》（台北：萬卷樓出版社，2009），頁68-80。

7　沈慶旺認為其中一個不同於獨立前後十年的半島，這個時期的砂勞越獨有的文學主題，是「反對成立馬來西亞，要求獨立」，因此英殖民政府以高壓手段控制文藝活動，逮捕寫作人，致使許多寫作人放棄文學活動，形成砂華文學的低潮期。把吳岸早期的文學活動放在這個脈絡下來觀察，便不難理解年青詩人的愛國理想信念與其後來叵測的人生際遇。沈慶旺論文見〈雨林文學的迴響——1970-2003年砂華文學初探〉，收入陳大為、鍾怡雯、胡金倫編《赤道回聲：馬華文學讀本II》（台北：萬卷樓出版社，2004），頁605-643。

海〉諸詩，彼時砂勞越猶未脫離英國殖民，吳岸即已在詩作中熱烈呼應愛國理想與土地認同。尤其是同書名的詩〈盾上的詩篇〉，即為詩人贏來「拉讓江畔的詩人」的美譽，成為往後半個世紀詩人一道鮮明的標記。詩中以砂勞越境內最長的河流拉讓江為書寫對象，頗具有代表性，詩人將拉讓江的激流聲，比為「各種美妙的語言」，投射對砂勞越土地產生的認同和情感，將砂勞越形象化：「砂勝越是個美麗的盾，／斜斜掛在赤道上，／年青的詩人，請問／你要在盾上寫下什麼詩篇？」在壯麗動人的比喻問句中，年青詩人對土地家國的浪漫憧憬不言而喻，另一方面對於強調「把文學創作當作是自己生命的延續，它的內容即是生命的感知，它的形式即是感知時自然的形態。……是一種出自於自然的生命表達，它無需予製造，它是一種自我的實現。」[8]的詩人來說，〈盾上的詩篇〉末節可讀作是上述引文的詩歌版，它的理論的原型或雛型，已經在吳岸早期的詩中實踐過：「寫吧，詩人，在這原始的盾上，／添上新時代戰鬥的圖案。／寫吧，詩人，在祖國的土地上／以生命寫下最壯麗的詩篇。」論者熊國華在〈生命意識與詩意呈現——吳岸詩歌的一種解讀〉中據此認為這是詩人生命意識的體驗和真情的抒發，促使詩人從他所處的時空背景和生活經驗，創作了大量以砂勞越自然景色和風土人情為題

---

[8] 吳岸《堅持與探索》（古晉：砂勞越華文作家協會，2004），頁46。

導讀　從鄉土認同到婆羅洲地誌書寫——論吳岸詩歌的獨特性

材的詩篇。[9]

　　鍾怡雯在一篇論述馬華地誌書寫的論文中觀察到，一九五七年馬來亞獨立過後，馬華作家將家國意識和土地認同，逐漸轉移到鄉土題材的書寫上，詩人以地方的生活感受和內容，重要地景入詩，地方意識逐漸突顯出來。[10]在這方面來說，吳岸是最具指標性的馬華詩人之一，上述提及的詩集《盾上的詩篇》可以為這個論點提供佐證，除了寫拉讓江的〈盾上的詩篇〉，其他詩作如〈山中行〉、〈在巴勒里〉、〈夜探〉皆涉及鄉土題材與民情風俗的書寫，對地方民情投注強烈的感情是吳岸這些詩作的特色。七〇年代以降吳岸陸續寫下了為數甚多跟地方、鄉土、民情有關的詩作，如果以陳大為、鍾怡雯兩位學者對地誌書寫的觀點來看[11]，吳岸堪稱是馬華詩人中的佼佼者，雖然在吳岸書寫這些詩作的那個年代，他

---

9　熊國華此文收入吳岸詩集《殘損的微笑》。

10　鍾怡雯〈從理論到實踐──論馬華文學的地誌書寫〉，載《成大中文學報》29期（2010.07），頁146。

11　陳大為在〈空間釋義與味覺的錨定──馬華都市散文的地誌書寫〉一文中對地誌書寫（特別是馬華都市散文的地誌書寫）有詳盡的分析與探討，他主要以米樂（J. Hillis Miller）的《地誌學》（Topographies, 1983）定義：「對某個地方的書寫活動」為基本觀念來展開論述，並引用威廉斯（Raymond Williams）的「感覺結構」（structure of feeling）與諾伯舒茲（Christian Norberg-Schulz）的「場所精神」（genius loci）深入探討相關文類，請讀者自行參考，這裡不再贅述。陳大為論文見《亞洲閱讀──都市文學與文化（1950-2004）》（台北：萬卷樓出版社，2004），頁125-147。亦可參考鍾怡雯〈從理論到實踐──論馬華文學的地誌書寫〉，載《成大中文學報》29期（2010.07）。

未必有意識的以地誌的概念去書寫砂勞越或是婆羅洲，亦非有系統的規劃書寫這些鄉土題材，套用詩人自己的話來說，他只是一種出自於自然的生命表達，是一種自我的實現。地理學家Mike Crang便指出文學作品在「地方的書寫」上所具備的優勢：「文學顯然不能解讀為只是描繪這些區域和地方，很多時候，文學協助創造了這些地方。」並且「主觀地表達了地方與空間的社會意義。」[12]對照地理學家的話：「文學主觀表達地方與空間」，與吳岸的觀點：「**寫作是一種自我的實現**」（黑體字為筆者強調），可以看到兩者雖然關懷角度不盡相同，但是對地方書寫／文學創作的特質和書寫主體的強調卻是殊途同歸。

經由陳鍾兩人的地誌書寫的理論建構，再加上近年來馬華地方古蹟文化保護意識興起，吳岸的詩作品數十年累積下來也儼然構成地誌書寫的樣貌。除了上面提到幾首早期的詩作，其他例子有〈粵海亭〉（寫古晉大石路的義山）、〈青山岩〉（寫砂勞越河口的華人古剎廟）、〈碧湖〉（寫砂勞越石隆門鎮華人開金礦留下的人造湖）、〈陽春台〉（寫古晉亞答街百年歷史的玄天上帝廟）、〈越河吟〉（寫砂勞越河渡頭）、〈達邦樹禮讚〉（寫婆羅洲一種高大的樹）、〈榴槤賦〉

---

[12] Crang, Mike. *Cultural Geography*, 1998.這裡轉引自陳大為〈空間釋名與味覺的錨定——馬華都市散文的地誌書寫〉，《亞洲閱讀——都市文學與文化（1950-2004）》（台北：萬卷樓出版社，2004），頁127。

（寫南洋果王榴槤）、〈摩鹿山〉（寫砂勞越內陸山麓）、〈山打根略影〉（寫沙巴州山打根第七號娼寮）等等，例子不勝枚舉。吳岸以在地人的身份和視野，用富有情感的詩歌語言，生動的刻劃描寫了砂勞越各個地方（包括市鎮街道山川建築物等，不一而足）的面貌，塑造出一幅以個人生活經歷為中心的地誌圖像（以米樂的話來說是某個地方的「形象化繪圖」）。以書寫古晉亞答街玄天上帝廟的〈陽春台〉為例，對詩人來說，地方與空間（街道、廟宇、戲台）的書寫背後儲存了濃厚的記憶，詩第一和第二節寫敘述者「我」對空間（陽春台）的兒時記憶和感情，在此累積的舊時生活情節非常豐富，第三節筆鋒一轉，生動而感性地興起對空間景物今昔交替之嘆：「陽春台／依舊在／兩邊紅柱／左一句萃百代衣冠／孝悌忠信此地如見其人／右一句傳千古面目／離合悲歡當年或有其事／陽春台／陽春台／你何日燈火重燃／鑼鼓再響／演這一代我的榮辱悲歡？」詩最具創意巧思的是詩人安排記憶中的小吃，用味覺記憶來深化他的地方書寫，將私人的感情寄托在「小小這把羹匙裡」，來結束全詩：「拿起湯匙／嚐口清湯／只見一抹青山／兩點波帆／悠然顯現在鼻端／在嚐盡人間冷暖的／小小這把羹匙裡⋯⋯」。平淡白描中見盡真情，顯露詩人深厚的地方情感，也在不經意間呈現了地方容貌的劇烈變遷，傳達出一種珍貴的時間質感，記憶與現實交錯，視覺與味覺混融，意味深遠

而綿密。詩人對陽春台的地方書寫，實則是對其生活的感受和回憶的書寫，詩裡行間的變遷、人情、生活、文化等元素很具體地構成詩人的情感結構，而小時候隨母親到廟裡上香看酬神戲小吃，成為地誌書寫的場所結構中的重要特質。

　　除了主力書寫婆羅洲的砂勞越與沙巴兩州地方民情，這方面所取得的成果最大，吳岸一生足跡遍及世界各地，比如西馬城鎮、汶萊、中國大陸、日本、越南、菲律賓、香港、韓國、泰國等地的地方色彩也一一入詩。值得一提的是吳岸常常在詩中書寫婆羅洲或砂勞越的原住民族，對於原住民的風土人情和生活文化刻畫頗深，跨越了族群的限制，輯中的「犀鳥篇」詩作令人印象深刻，〈飛舟〉、〈長屋之旅〉、〈飲杜阿〉、〈迎賓〉、〈賽鼓〉、〈犀鳥頌〉、〈天猛公之筵〉、〈鵝江浪〉、〈守護的神〉、〈達雅族盲人歌手〉、〈卡布安河傳說〉、〈Ngajat——致伊班友人西蒙並祝賀達雅節〉，以及其他散見於各輯中有關婆羅洲原住民族的詩作，質量成果甚為可觀，具有人類學的特質。把吳岸這方面的作品視為砂華作家近年來呼吁「書寫婆羅洲」的先驅，一點也不為過。[13]這一點是

---

[13] 沈慶旺認為九〇年代以後砂華文學作品逐漸顯現本鄉色彩，寫作人從本鄉地理環境、歷史、多元種族社會的結構、社會背景發掘大量的創作題材，造就了砂華文學的獨特性。其實吳岸書寫婆羅洲的地方風俗民情的詩作，大部分在九〇年代之前就已經發表或寫成，因此不妨視之為此類書寫意識的先驅。沈慶旺論文見〈雨林文學的迴響——1970-2003年砂華文學初探〉，收入陳大為、鍾怡雯、胡金倫編《赤道回聲：馬華文學讀本II》（台北：萬卷樓出版社，2004），頁605-643。

半島的馬華詩人或作家在書寫鄉土或地方的題材時較少注意到的，也是他最大不同於半島詩人的美學視域之處，如果有所謂的砂華文學的獨特性，吳岸這些書寫地方生活經驗、鄉土色彩濃厚、多元種族社會結構的特殊題材詩作，是最佳的範本，不容錯過。這些詩作塑造了「書寫婆羅洲」的特色，以寫實的筆觸，寫下原住民族的鄉土人事，一景一物，盡見真情，隱藏在詩人的寫實語言風格底下，總有些許浪漫情懷，成為詩人對地方情感的寄託，而他對鄉土的包容、跨越族群生活倫理的觀察和體認，也直指人文關懷的真諦。放在吳岸整體作品來看，無論是詩人的鄉土認同，跨越族群限制的描摹，或是以地誌書寫的角度來看，這些詩作顯然是詩人書寫的重心所在，詩裡行間呈現的在地視野與人文關懷，最是值得注意。

　　鍾怡雯對馬華地誌書寫的期待，提出三個基本條件：生命經驗的厚度、思考的深度，以及情感的深度。[14]這些觀點與吳岸對文學創作的觀念其實非常接近，豐富的生活經歷一向是吳岸對詩創作的要求，他在多篇討論詩歌創作的文字裡皆有觸及生活對作家的重要，在〈到生活中尋找繆斯〉一文中，他提議站在熱愛生活和關心人類的立場上，注入形象思維，在〈馬華文學的創作路向〉中他又引用現實主義文學創作的觀

---

[14] 鍾怡雯〈從理論到實踐──論馬華文學的地誌書寫〉，載《成大中文學報》29期（2010.07），頁158。

念，認為文學創作的過程，實際上也就是作家從觀察、體驗生活、分析和概括從生活中所取得的原始材料到塑造典型形象的整個過程。[15]除了對生活的強調，吳岸的詩作在思考的深度與情感的深度雙方面也有不俗的表現，上述書寫古晉、拉讓江等地方的詩作對於地方歷史興替的情感投入，濃厚的地方認同與鄉土情感，產生令人動容的地方感，這些都是閱讀吳岸的詩歌時可以明顯感受到的。[16]

　　毫無疑問，吳岸詩歌裡的鄉土認同與地誌書寫，是最值得討論的創作成果之一。詩人以東馬在地人的身份，對砂勞越鄉土人事有著更深一層貼近的體認和感受，他眼觀四方心繫家國，下筆顯然多了一份浪漫理想、誠摯感人的人文情懷，對於跨越族群限制的原住民族題材書寫，所取得不俗的成績，更顯現出他的創作自覺與別具眼光，而他的包容直指人文關懷與生活倫理的真諦。這是詩人吳岸的文學抱負，是吳岸詩歌美學的獨特性。

---

[15] 有關吳岸詩歌理論的精彩論述，詳陳鵬翔〈論吳岸的詩歌理論〉，收入陳大為、鍾怡雯、胡金倫編《赤道回聲：馬華文學讀本II》（台北：萬卷樓出版社，2004），頁383-394。

[16] 陳月桂以「抒情中的哲理」一詞指稱吳岸詩歌的特質，即吳岸在詩中對人事的懷念、同感和反思在記憶裡交織，形成一種哲理辯證。陳月桂〈吳岸的哲理詩〉一文收入江洺輝編《馬華文學的新解讀》（吉隆坡：馬來西亞留台校友會聯合總會，1999），頁181-189。

# 目次

殘損的微笑——吳岸詩歌自選集

## 故園篇

## 真情篇

## 犀鄉篇

## 行腳篇

殘損的微笑──吳岸詩歌自選集

# 序詩

## （一）

不知已收養

多少小豹子在

遺忘的黑林裡

直到失眠的夜

又一隻突然

向我襲擊

直到筋疲力竭的我

終於被它吞噬

## （二）

不在乎你的解構

重要的是

我已橫渡大海

且單獨

且留下漩渦

關於我使用的是桴是筏還是舟

上面是否刻有你的

現代的符咒
紙船的事
我兒時也摺過

（三）
也不需要告訴我
生的姿態
雷霆攔腰的傷口上
長一臂的蒼道
且有飛瀑的笑聲
無關乎你的讚美
無關乎你的揶揄
無關乎你的主義與後設
我的姿態是一種
不屈

殘損的微笑——吳岸詩歌自選集

歲月篇

# 南中國海

雄渾的海洋呵，南中國海
你以你的滔滔滾滾的狂浪
把北方的大陸和南方的島嶼沖開
你以你的滔滔滾滾的狂浪
把北方的大陸和南方的島嶼連接起來

一張破席，兩個枕頭，一個求生的熱望
我們的祖先漂流在你的洪濤裡
五十年前，一個世紀前，幾個世紀前
張著帆，任貿易風吹颳，烈日煎熬
遠離故國來到這蒼莽的異鄉

人們得以最精巧和豐富的想像
才能明白他們曾如何流盡血和汗
以赤手空拳和性命去換取生活
在半黑暗的荒蠻的處女林裡呼吸
海洋，這一切都藏在你的記憶裡

如今，果樹正在開花，到處傳送芬芳
飽孕著白乳的是粉紅色的膠樹的巨幹

椒園裡，綠叢中滿掛著穗穗的珍珠
而田裡的稻已抽出了青蔥的秧苗
　　　我們的祖先漂流在你的洪濤裡

方醒的城市在朝陽下閃閃發亮
汽車和人群的喧聲在眩目的光輝中交響
學校裡不時傳來朗朗的讀書聲
古色古香的廟宇裡飄浮著晨禱的香火
　　　我們的祖先漂流在你的洪濤裡

感想尤其變得繁複，心緒尤其變得深沉
在清明的烈日下虔誠地把香燭
燃在先人的墓前，沒有了碑的古墓前
燃在千百個祖先的墓前
　　　我們的祖先漂流在你的洪濤裡

像海濱的椰林把果實拋落在沙灘上
讓潮汐將它們沖載到另一個島上
在那裡，種子向藍天射出孔雀似的綠扇
種子又結出了千萬顆香甜的果實
　　　我們的祖先漂流在你的洪濤裡

但祖母白髮蒼蒼，面容皺似苦瓜
她的手中抱著小豬般可愛的孫兒

用老花眼凝望著壁上祖父的遺像
為甚麼，嚐盡辛酸的心又在低低地歎息
　　我們的祖先漂流在你的洪濤裡

我們在這裡落土，又在這裡生根
我們餐的是椰風，宿的是蕉雨
炎陽天下烤黑了皮膚，但血仍然是血
說：我們是兒女，土地是母親
　　你的北方的大陸是我們的父親

當雨季來到之前，徘徊於黃昏的街道
紫紅的雲浪是你的永生的面貌的倒影
燕子呵，帶來了欣慰的訊息，是音符
飛躍著，在電線上創造了奇妙的樂譜
　　這比明月更能使人低頭

五十年，一個世紀，十個世紀，過了……
當候鳥又抖擻起翅羽飛向春天
一群孩子背著失學、失戀、失業和
「不需要人士」的行李，唱著低沉的歌
穿過你的胸膛去追尋那命中第一個春天
　　海洋，你對他們又有何感想？

而我們，背負著歷史的重擔

試圖攀登赤道上白雲繚繞的高山
直到望見你浩瀚的面影，高歌一曲吧
我們想起了漂流在你洪濤裡的祖先
　　還有我們未來的子孫

你對我們這一代有何感想，哦大海？
你把北方的大陸和南方的島嶼分開！
你又把北方的大陸和南方的島嶼連接起來！

　　　　　　　　　　一九五八年十二月廿九日

# 祖國

輪船的汽笛刺破了靜空，
五月的黎明在頭上顫動，
人心抖了，當快樂和悲哀，
熾熱地在人們的胸膛裡沸騰。

一個白髮的老婦在船舷上哭泣，
一個青年在她的身邊向她低語，
是母親在送別自己的骨肉？
還是兒子在送著母親遠去？

再次的笛聲宣布了時刻已來臨，
送行者依依地擠下船梯，
輪船和碼頭，兒子和母親，
在飛動的手巾裡逐漸遠離。

遠了，然而老婦人的哭泣聲，
清晰地在隆隆聲裡低迴；
看不清那青年是否也流淚，
只見河水在碼頭下激盪。

祝你一路上平安，母親，
不要為你的兒子憂傷；
當你在懷念著你的祖國，
當你的祖國在對你呼喚。

那裡正是溫暖的春天，
你的一別多年的祖國呵，
枝頭上累累微笑的枇杷，
將迎接你的歸來。

你的祖國曾是我夢裡的天堂，
你一次又一次地要我記住，
那裡的泥土埋著祖宗的枯骨，
我永遠記得──可是母親，再見了！

我的祖國也在向我呼喚，
她在我腳下，不在彼岸，
這椰風蕉雨的炎熱的土地呵！
這狂濤衝擊著的陰暗的海島呵！

我是個身心強健的青年，
準備為我的祖國獻身；
祖宗的骨埋在他們的鄉土裡，
我的骨要埋在我的鄉土裡！

再見了，我的親愛的母親。
輪船消失在河流的遠方，
擁擠的碼頭只剩下一個青年，
只有河水依然在激盪！

從此他告別了自己的歡笑，
從此他告別了自己的悲哀，
當他疾步走在赤道的街上，
他就想著祖國偏僻的村莊！

一九五七年八月十二日

# 盾上的詩篇

砂勞越是個美麗的盾，
斜斜掛在赤道上，
年青的詩人，請問
你要在盾上寫下什麼詩篇？

讓人們在你的詩句中
聽見拉讓江的激流聲，
聽見它在高山、平原和海洋
所發出的各種美妙的語言。

一支筆，一個偉大的理想，
太陽和星星照在你的頭上，
在生活、書本和偉大的先師
的光輝中尋求你的思想和力量。

寫吧，詩人，在這原始的盾上，
添上新時代戰鬥的圖案。
寫吧，詩人，在祖國的土地上
以生命寫下最壯麗的詩篇。

# 荒村

當年滿崗椒紅透
如今黃葉幾片
在枯枝上飄抖

過路人
驚動了一隻瘦狗
幾個村童
用竹竿
爭摘未成熟的蕃石榴

夜半
誰在山後
唱起《家鄉月》
村前梅香姐
淚濕枕頭

# 待渡

行到河邊時
夜已深沉
且卸下背上的行李
歇一口氣

遠處海潮呼嘯
海風捲椰濤
月亮在哪兒？
怎照得河上泛金波？

我和著濕透的塵衣
斜倚在腐朽的椰樹頭
在幽幽的磷光中
睡了

旅伴一聲低喚
江畔漿聲咿呀
猛驚醒
一身夜露
寒徹骨髓

# 牆

又見到馬當山<sup>（注）</sup>的秀美
聽見山泉洩落澗谷的潺潺

又見到魯巴河的浩瀚
遠處有「夢那」似悶雷滾過天庭

拉讓江依然澎湃
清澈的如樓河灘
流淌著浣衣婦和朝霞的倒影

最爛燦的依舊是丹絨羅班的晚霞
別時依依
留下徹夜轟鳴的潮聲

我和佳人有約
約在青山
約在翠谷
約在江河湖海邊

我要去

我要去

我伸手

觸到的

依舊是厚而冰冷的牆……


一九七六年於集中營


注：馬當山，在砂勞越第一省境內，離古晉市僅十數哩；魯巴河，在第
　　二省境內，河口寬闊，有突然高漲的潮汐奇景，當地人稱之為「夢
　　那」；拉讓江為砂州內最大河流，流經第七、三、六等省；如樓河
　　為拉讓江上游一支流，在第七省境內；丹絨羅班位於第四省美里市
　　附近。

# 靜夜

十年無音訊
萬里江山
夜夜入夢來
夢迴
燈殘
牆高
門深鎖

我不眠
夜亦不眠
聽牆外風雨
有萬馬奔騰

# 人行道

在一畝天地裡
人行道太漫長
清早
踏著它奔跑
黃昏
踩著它踱步
一月
一年
十年
竟無法抵達它的盡端
在一畝天地裡

一九七八年

# 鞋

它忠實地蹲在牢門外
默默地把我等待
磨損的膠底
藏著高原的泥
褪色的皮革
浸漬過深谷的水
破了的鞋尖
鐫刻著我跌跤的記憶
鞋內
有我的汗酸和
        血跡

它忠實地蹲在牢門外
默默地把我等待
它知道
歲月能漂白我的頭髮
卻消磨不了我們遠征的夢
直到那一天
門兒打開
我跨出門檻

它又緊緊擁抱我的腳
在熱淚中
我們又一道
沿著祖國的青山翠谷
一路
　　吻去……


　　　　　　　一九八五年七月七日

# 歷史

不是胸章上奪目的光燦
不是紀念碑俯瞰的威嚴
不是凱旋之夜的擁抱和狂歡
是獄壁上被抹除了千次後
　　　終又顯現的
　　　　　一痕血影

# 古箏

憶年幼時，日軍南侵，家鄉淪陷，父親因參加抗日賑濟
被捕，監禁經月，出獄後率家人避居山芭，於更深人靜時，
常挑燈獨奏古箏。時光易逝，轉瞬近四十年，父親作古亦逾
廿載，琴亦毀，而鏗鏘之聲，至今依然常在我心中迴響，難
以忘懷……

我緩緩醒來
習慣地
　　在深邃的黑暗中
傾聽
夜雨
　　在芭蕉葉上的
聲聲
　　　低語

於是悄悄下床
悄悄
　　冒著寒風
向琴聲
　　　走去

依舊是
　　　那朦朧的孤燈
映照著
你在琴弦上彈動的
　　　手指
牆頭
有你徹夜不眠的
　　　身影

當蕉葉上
　　　最後一顆水珠
在萍塘里消失
　　　回音時
風漸起
北海雪紛飛
胡笳聲中
傳來了
蘇子卿
　　　堅貞的足音

驀然一聲長嘯
壯懷激烈
一時有亂箭齊發

把「久鎮」的<sup>（注）</sup>
　　　夜空
震撼得
　　　搖搖欲墜

遠處
有荒雞啼曉……

　　　　　　　　　　　　一九七九年九月古晉

注：古晉於日治時期易名為「久鎮」市，以示其欲永久佔據之意圖。

# 清明

你去已遠
我夢裡難尋
我離你亦遠
終年浪跡他鄉

但今日當我重臨
趕上掃墓的人群
你早已聽見
　　我在亂塚間
　　　　探徑的跫音

輕抹碑上的苔蘚
又見你微笑
這微笑凝止於
　　二十二年前
　　　　一個陰晦的早晨——
從此成永遠

而我已不是
　　昔日輕狂的少年

你該笑我
　　頭頂華髮
　　臉上風塵

記否那年清明
你帶我上祖父的墳
（傾斜的石碑上
刻著：清宣統二年終）
你在祖父的塚上
放一片紙兒白
　　一片紙兒黃？

而今又清明
父親
讓我也在你的塚上
　　放一片紙兒白
　　　　一片紙兒黃

抬頭看
灰煙瀰漫處
數不盡黃黃白白萬千點
像花兒
　　滿山開遍⋯⋯

一九八〇年清明後於古晉

# 粵海亭

山巒起伏的原始叢林
登高望遠
隱約
窺見帆船的桅影
聽見河畔市集的喧聲
一塊風水寶地啊
老一輩的人都說

飄洋過海的祖先
誰不想落葉歸根
可夢斷雲山
終客死異鄉
且造個粵海山亭吧
慎終而追遠
就此長眠
不似還鄉
也似還鄉

榮辱悲歡
淚血恩怨
都化作南國沃土
長成綠樹蒼蒼
風風雨雨
兩百年
閱盡人間冷暖
看慣富貴浮雲

那時地處荒郊
如今坐臥鬧市中央
車水馬龍中
為這城邑的古樸
平添幾分滄桑

不覺又清明
粵海亭
綠草如茵
烈日下
看漫山思念的煙雲

也似春雨紛紛
也似有牧童
遙指
　　杏花村……




位於古晉大石路一里半的粵海亭義山，是潮州籍人的墓園，始於十九世紀初或更早。從名稱上看，「粵」即是廣東，「海」應是海南，據說當年是廣東與海南籍人所共有的。我的祖父於一九〇九年（宣統二年）逝世，即葬於此；我的祖母與父親，也先後於一九三八年及一九五八年分別葬此。

從地理上看，現在地處古晉鬧市中的粵海亭義山，在兩百年前古晉還是個河灘上小村鎮時，是個荒僻的山崗，是地方上最佳的「風水地」。毗鄰也有一個好風水的山崗，殖民地洋人用來建造官邸和別墅，華人卻把最好的風水給了死去的祖先。

# 媽媽的影子

小時候
跟媽媽下坡去

沒有車
我們步行幾哩路

沒有傘
中午的烈日當空照

沒有鞋
柏油路燙得我兩腳發痛

媽媽說
孩兒
不要怕
踩著媽媽的影子走


一九八二年十二月

# 如若你滴落在我塵衣
## ——憶母

如若你滴落在我塵衣
淡淡留下痕跡
如若你流淌在我臂膀
深深把我灼傷
也能熨平
　　　我心中的痛創

你卻淌落向
無邊的寂寥
第一次
隔一紙家書
在千山外
暗自向向晚的樓台
第二次
在咫尺之間
晶晶然蕩漾在無情的
　　　鐵刺網上

此後
你總閃爍　遠遠
在夢河的彼岸
總濕了
我驚醒的枕……

# 依舊

一盞小油燈
點在兒時的夜晚
照見母親手中針線
為我織衣裳

歲月匆匆
帶走了母親的慈顏
小油燈
依舊一閃閃
愛心滿人間

一隻黑山雀
啼在兒時的清晨
伴著父親荷鋤去
地裡勤耕耘

歲月匆匆
帶走了父親的叮嚀
黑山雀
依舊一聲聲
催我赴前程

一九八五年三月十六日

# 窗

彷彿
跋涉過
一個世紀的崎嶇
也曾見山崩
也曾見地裂
我們重相聚

你披著滿頭風霜
我負了一身征塵
無語
對荒草離離
在這窗前

彷彿
又回到昨夜
我等你
在窗下
露水
沾濕了我單薄的衣衫
不用說

又是一次火一般的會議
叫你爽約

萬家燈火
一盞
　　一盞
　　　　熄了
似要把我棄在黑暗裡
驀地
一道柔光
粲然
自你的窗
為我點起

夜將盡
我們仍喁喁
盡是人間不平
未來世界的歡笑
家？
不在這窗裡
你說
在祖國處處
在祖國
　　處處

終於
悄
　　然
墜入
　　　一個相同的夢

忽覺
曙色映簾
我們分手
以青春的步伐
各自奔向風雷
不說一聲再見……

彷彿
穿越
一個時代的驚濤
也曾見星沉
也曾見日落
我們重相聚

斜暉裡
依舊是當年的窗
且當海鷗棲處
今夜把燈重燃

明日
你栽的九重葛
　　　綠葉紅花
把窗掩映
而我
將是一株雨傘樹
凌空遠眺
復為你遮蔭

後記：妻惠卿與我同入獄十年，但分別囚於男女座。此詩寫於出獄後重
　　　逢時。

# 詩里末河

你曾在我夢裡傾流
詩里末
悄悄
為我帶來
　　生命的破曉

伊在河邊婷立
朦朧
　　似欲飛的鵠
欲飛
又回首
青春的行囊
　　已添了幾許鄉愁

而紫曦
似無聲的序曲
已為伊奏起
伊遂踏浪
翩翩向我
以秀髮
　　　撥開晨霧

不要問伊
　　　自何處歸來
伊伴我
渡過茫茫大海
你可記得
夢中的我
啊　詩里末
憑伊頭上
　　　那淡淡的星輝

我已回到夢鄉
兩岸紅樹<sup>(注)</sup>
默默含笑
且讓我
　　挽著伊
涉向時光的上游
往事似浪花
　　在夕陽下輝耀……

　　　　　　　　　　　　　一九八一年十一月廿九日


後記：九月中旬，皆妻回返她一別三十年的故鄉P埠，一個位於詩里末
　　　河（Batang Saribas）河畔的村鎮。這是我首次訪問該地，有感
　　　而作。

注：紅樹，俗稱Bakan樹，常見於熱帶海岸或河岸泥灘上。

# 還鄉
## ——記妻之回鄉

誰知道
當馬達的喧囂
　　　驟然沉落時
我的心
如何騰躍？

來旅遊嗎
阿嫂？
這地方風景好
魚蝦更鮮美
問話的是位年輕的水手
（多悅耳的鄉音啊！）
我不語
　　　只微笑

我早瞥見
蒼蒼椰林裡
簇簇村舍
正為我而舞
裊裊晚煙

溶化了
　　　遊子的鄉愁

潮正滿
人已歸
看江畔舢舨起伏
把滿江金波弄亂
禁不住
　　　我揮手

一時欸乃四起
多少漁舟
競相前來聚首
艙板翻啟處
熠熠然金鱗銀鱗亂跳
這不就是我兒時的魚蝦嗎？
我情不自禁地
　　　呼叫

萬籟頓時俱寂
半晌
才聽得有人霍霍大笑
一位馬來老漁夫
直指著我說道

啊呀呀
你不就是二十多年前
　　咱們甘榜裡的阿妹？

一片笑
和著流水的鳴奏
溶入
故鄉的
　　暮色……

　　　　　　　　一九八二年一月十二日於古晉

# 懷念
## ──給愛女

我在九霄外
想起小芝芝
小芝芝
此刻
你是否已入睡？

望窗外
夜一片漆黑
我要尋覓
地球上
最先出現的微光

驀地裡
芝芝揮著小手
在向我微笑──
芝芝醒著
我已入睡
飛機穿過銀河
箭似的歸去……

一九七九年六月

# 我看見我少年時候的臉
## ——致吾兒

我看見我少年時候的臉
伏在我的肩膀上
一樣的蒼白
一樣的惶惑
當半夜裡
從夢魘中驚醒

我聽見我年少時候的心跳
撲在我的胸前
一樣的迷亂
一樣的唐突
當黑暗中
閃過一陣的雷電

然後我說
孩子
不要怕
爸爸從前也曾這樣
黑暗和惡夢都不可怕
我說著

對著我少年時候的臉
在我寬闊的肩膀上
聽著我少年時候的心跳
在我坦蕩的胸前

# 星遇

我們曾是幼小的星星
在一個黃昏
帶一片純真
躍離母親的懷抱
到這混沌的宇宙運行

你迎著黑暗的道路
　　去追求那遙遠的光
我探著寒冷的雲霧
　　尋覓我夢裡的溫

我們越過了多少
　　星海雲河
各自航向無垠
在億萬星辰中
　　迷失了自身

而光年流轉
多少星族消殞
蒼茫中

何處能再見

你我幼時的星影？


昨夜秋風過扶桑

晴空萬里

竟與你相遇

你見我嶙岣

我見你崢嶸

你在我的擁抱中

　　感到了我內心的熾熱

我在你的熱淚裡

　　驚詫於你通體的光明！……


　　一九八〇年八月底於日本京都會見相別二十八年的二哥，

　　　　　　　　　　時他由北京到京都大學任客座。

# 秋之夜

風在櫻花樹梢颯颯作響
竹影在紙窗上拂弄著月光
在這異國的夜裡
你我屈膝對坐
　　話不盡滄桑……

我跟著你噴出的圈圈雲煙
到了漫天風雪的北海邊
在鞭撻過你的靈魂的
　　嚴冬裡
　　　　與你同冷暖

你隨著我注入黑夜的悠悠眼波
到了雲水蒼茫的南洋
在沖擊過我的生命的
　　狂濤中
　　　　和我共浮沉

啊
這六蓆的斗室

可容得下
　　你松濤般的沉吟
　　　　我椰雨似的喟嘆？

我問你歲月曾留下甚麼
你笑答你有
　　不畏霜雪的
　　　　寒梅的傲骨

你問我可曾虛度年華
我慚愧只有
　　潮汐後殘存的
　　　　碎貝的詩篇

當你再次為我舉觴
朦朧的曙光
　　已悄悄
　　　　透進庭園

窗外
石燈籠
　　肅立如武士
一樹蒼松
　　如方醒的遊龍

隱隱敲響的
　　是金閣寺的
　　　　晨鐘？<sup>（注）</sup>

　　　　　　　　　一九八〇年九月初於京都

注：金閣寺為日本京都市著名的古寺之一。

# 鄉間小路
　　——夢回故居合記園


我知道你會回來
踏著我身上鬆軟的落葉
　　　　回來尋找
你的足跡

多年以前
你曾沾一身晨露
披一襲月光
或絆著一條樹根
或避開一隻青蛙

但我已經不復存在
四處是高樓大廈
汽車飛馳而過
吐著窒人的油煙

而你已在遠方
也許是在炎熱如焚的都城
也許是在冰天雪地的北國
或許你已渡過太平洋的波浪

此刻正飛行在
　　三萬尺高空
向另一處黃金海岸

但我知道你會回來
當你在一場狂歡之後
忽然有了倦意
一種莫名的孤寂
叫你感覺步履茫然

你會回來
我知道
在一個夜裡回來
躡過夢的青苔
踩過我身上鬆柔的落葉
回來
尋找珍藏在我懷裡的
　　你的足跡……

# 重建家園

我要用蛙聲
重建我的家園

他們以鏟土機和鋼骨水泥
用摩天樓和電訊塔
汽車和不停嘶鳴的警報
毀了我的家園

我要以亞答屋和菜園
以小溪與蘆葦的協奏
晨鳥的合唱
炊煙裡母親的呼喚
和夜來香的芬芳
重建我的家園

在雨後的星空下
聽取蛙聲一片

位於古晉大石路四哩的合記園,是先父丘士勳於上世紀四〇年代開創的
家園。我在那裡度過童年與少年。面積六英畝的園地,現已發展為住
宅區,合記園已不復存在,但卻留下由朋里遜路通往機場路的「合記
路」。

殘損的微笑──吳岸詩歌自選集

# 故園篇

SABAH

BRUNEI

SARAWAK

# 美哉古晉

美哉古晉
雅哉古晉
是誰
為你取了
這恆古的美名？

都說他們目不識丁
當年飄洋過海
落腳在這荒蠻的異域
我卻確信有位儒者
長衫布衣　翩翩
桅杆下迎風而立
沉甸甸滿艙過番細軟中
惟獨他行囊中
輕輕一支狼毫
小小五百斤油

山重水複後

乍見別有天地

漁舍疏疏落落

陵丘榛榛莽莽

正疑此地何處

卻聽得汨汨江聲中

馬來船夫的一聲呼喚——

KU——CHING！


當炊煙裊裊自

錯列的亞答屋頂升起<sup>（注）</sup>

當苒苒旭日照亮了

野龍眼叢嶺

當晨禱的香客

從福德正神的香鼎下起立

信步走進河邊喧擾的市集

恍惚間

他彷彿來到了放翁醉酒的西村

心底浮起了

坤下離上的卦象……

那夜他輾轉難眠
躍然而起
在百蟲的交響中
挑燈磨硯
讓異域的泥香
混和著千年的墨香
便一筆
揮就了
這亙古的
　　　美名……

悠悠兩百年後
汩汩江水依舊
看當年你落腳的海唇
香火何其鼎盛
如今不復見亞答的亞答街巷
簫鼓年年追隨
而日照苒苒的浮羅岸
岸上夜夜燈火輝煌

美哉古晉
雅哉這恆古的美名
壯哉　壯哉
你翩翩然桅杆下迎風而立的
不知名的
　　長衫布衣人……

後記：古晉市之名為馬來語「Kuching」的譯音。馬來語「Kuching」
　　　意為「貓」，故古晉市又稱貓城。
　　　「古晉」這一譯名即音準又古雅。十九世紀落腳在砂勞越河畔這
　　　個村落的華族先人，誰是第一位把它譯為「古晉」的，實無法考
　　　查。我覺得這個人實在了不起，想像中，這人必定是一位飽學詩
　　　書且懂得周易的儒者。
　　　「古晉」以它初時華人聚居時古樸的民風以及延續至今濃厚的華
　　　人傳統習俗，讓人想起宋代詩人陸游的詩的《遊山西村》。而
　　　「晉」字也讓人想起古代周易中的卦。「晉」為周易六十四卦之
　　　一，「坤下離上」，《易・晉》象曰：明出地上，晉，君子以自
　　　昭明德。在我的想像中，這第一位把「Kuching」譯為「古晉」
　　　的先人，在眾多的目不識丁的番客中，能不是一位學問淵博的儒
　　　者嗎？

# 陽春台

我愛獨自坐在陽春台下
在騰騰的麵攤蒸霧裡
遙看兒時的玄天上帝廟
瓦上的雙龍
依舊吐著紅珠火
廟內的燈盞
明滅而幽遠

不錯就在這裡
這呼碌碌舔著火舌的爐邊
當送神的鑼鼓
把小巷的黃昏敲醒
我奔跑而來
到人群裡
爭睹八仙過海
　　　桃花搭渡……

那帝王仙家去了何方？

佳人才子可在人間？

陽春台

依舊在

兩邊紅柱

左一句萃百代衣冠

　　　孝悌忠信此地如見其人

右一句傳千古面目

　　　離合悲歡當年或有其事

陽春台

陽春台

你何日燈火重燃

鑼鼓再響

演這一代我的榮辱悲歡？

昨夜笑聲淚影

依然朗朗燦燦

又何需粉墨登場

不禁啞然失笑

那送麵的攤主

也暗自吃驚

罷！
拿起湯匙
嚐口清湯
只見一抹青山
兩點波帆
悠然顯現在鼻端
在嚐盡人間冷暖的
　　小小這把羹匙裡……


一九八九年八月


後記：到古晉的人，總要到亞答街那已有百餘年歷史的玄天上帝廟（老
　　　爺宮），在廟前的戲台下小吃。這地方離誕生我在砂勞越河邊的
　　　甘蜜街舊鋪，只隔兩條街。小時我常隨母親到廟裡上香和到陽春
　　　台看酬神戲。

# 撿門記

這背後藏著多少繾綣
多少悲歡
有誰願再追尋
讀你如讀
一箋紅樓滄桑

那時宮燈閃爍
金碧輝煌
向蠻煙瘴雨裡
掩護著滿室春暖
氣派何止萬千

偏他總以為是江南杜老
夜夜做著梅柳渡江春夢
醒時
總倚你北望

那年狂飆吹樹倒
堂前燕群落荒逃
縱你是北地檀木
怎耐得了
赤道雨淋日曬

一百年人事
況南國候物常新
你怎不驚
半闋古調
一撮朽木
倉惶中
自鏟泥機的巨齒下逃出

一九八八年三月二十日

後記：吾侄自某建屋工地拾得數塊朽木，泥層中略見雕紋，有贈於我。
　　　洗滌綴接後，霍然見一扇中國古式木門，上部描金雕花已殘缺，
　　　其下刻有唐杜審言五律春遊詩，僅存半闋：「獨有宦遊人，偏驚
　　　物候增。雲霞出海曙，梅柳渡江春」。下半闋當在另扇門上，不
　　　知所終。我於缺處補上一紙春梅圖，置於書房，每觀之，總不勝
　　　噫嘻。

殘損的微笑——吳岸詩歌自選集

# 古甕

你驚醒在我的驚醒中
記起了忘卻的來路
在哪個朝代
哪個酒鎮
你記起海上的顛簸
一如我感到就義前的烈焰
沉睡了千年之後
我驚見你釉的唐光
你驚見我唐的釉彩
我驚醒在你的驚醒中

# 小瓷盤

　　我知道婆羅洲內陸有很多中國的古瓷器，這小小的圓盤，卻令我驚奇不已。店主不肯讓手，我把它記在詩裡……

別了尼亞原人的穴居
夜色如網
剎那把大地籠罩
山谷裡溪水潺潺
樹葉間月光隱隱
我匆匆趕路
穿過原始森林
望見了尼亞河上
　　恍恍的燈影

你等待我
等待我在野店的牆角
一個破舊的木櫥的黑暗裡
你這小小的白瓷盤
且讓我秉燭把你端詳
燭光照處
颼颼然一條飛龍

自藍釉的狂草叢中閃出
明月松間照
清泉石上流……
今夕何夕啊
是王維到過婆羅
抑或是我到了
　　唐時？

# 銅鯉燈

烏垢垢一隻銅魚兒
半棄在破爛貨攤的雜陳裡
沒有魚鱗也看不見眼睛
只有那微翹的嘴唇
固執地半張著
彷彿尚存一縷游絲
叫賣的說這是盞祭祀的油燈
多少年紀誰也說不清
霎時間我看見兒時
母親在神明前把燈心草點燃

是哪個朝代哪一雙巧手
將這魚兒放生到人間
在苦海裡給夜行者一點光明
是離亂抑或是背叛
拋棄它在黑暗的沙灘
任風餐鏽蝕
顛沛流離
從遠古的北方
流落到南島上我的手中……

以母親的虔誠
我點燃那微翹的嘴中的燈心草
金燦燦一尾鯉魚
耀然從光焰中躍出
展鰭擺尾、流睛四顧
金燦燦一尾鯉魚啊它已經復活
復活在我的案上
復活在我的詩中
恍惚間有一種悠遠的光
明亮似神明前母親點燃的燈
我聽見自己的聲音在說
光是我的水
光是我的生命
生命躍動在自己吐出的光焰裡
復照亮別人

# 記憶

大路隱約聽見腳下森林中
第一個伐木者
　　坎坎的斧聲

森林依稀看見樹根下沼澤裡
第一個探險者的
　　艱難的足跡

沼澤頻頻回望水草下河道上
第一個搖船者的
　　明滅的燈影

河流依舊感覺大海的洪濤裡
第一個飄泊者
　　掙扎時的浮沉

你走在大路上
你想起了什麼？

# 後園小景

毛丹滿樹紅，
毛丹樹下遍地紅，
繽繽艷艷，
畫意濃。

毛丹叢裡有村童，
毛丹叢下有村童，
摘摘吃吃，
微雨中。

一九五八年十月二日

# 粽子賦

誰把它們吃了
這顆顆粽子
留下這圈圈透著油光的鹹草繩
和片片依然散發芬芳的班蘭葉子
零亂在廚房的飯桌上
像一幅無名畫家的名畫
在五月暗淡的燈光下

那女人曾以靈巧的手指
將它們一捏一綁
把糯米和五香蝦米和
縷縷說不清楚的思念
緊緊紮住
紮成如菱如角如鑽石
如金字塔的
千年不朽的工程

那淡淡幽香始於指尖
由遠而近漸漸濃郁
連沸滾的鋼鍋也蓋不住了

終於叫你我迷失在
泥土、海洋、天空
傳說和楚辭混合的醇香里
當解開結子的剎那

在五月暗淡的燈光下
在廚房的飯桌上
誰把它們品嚐了呢
完成了這曠世的藝術傑作
悠悠江影裡
離離蘆葦
冉冉班蘭
卻不知那倒影兒
此刻是在雙溪砂勞越裡
還是在汨羅江上？

一九九四年六月三日　古晉葛園

注：班蘭是南洋常見的一種植物，生長在低窪地帶，其葉子長而寬，味
　　道芬香，人們用以包裹糕點。華人傳統的肉粽子是以竹葉包紮的，
　　現在多以班蘭葉代替，其色香味更甚於竹葉粽子。

# 我何曾睡著

我俯首
那震天撼地的春鼓
　　也隨之沉寂
人的山
如夢
初醒
遂溶落成海成河
　　依依歸去
廣場上
遺留
幾許孩童的回眸
流連
　　流連於我
凜凜的犀角
　　颼颼的眉鬚

當人們帶著我的祝福
重赴生活的沙場
我又回到
　　我小小的天地

如閉關的人
恆守
　　千年的孤寂

昨日
萬頭鑽動的精武山
報我
擎柱採青的
　　歡呼
沉了
浮起
終沉入
　　我悠悠的夢裡……

依稀
是江南紅綠
我探步出洞
　　在佛山哪個寨尾？
登高踏橋
　　在羊城哪個街頭？
那纏腰的壯士
　　揮引著彩球
逗我
　　千里躥撲

霍然一個騰空
挾掌聲雷動
不覺
雙雙
　　已飛渡萬里重洋……

不　不
我並未睡著
我何曾睡著
我在夢中
　　醒著
我醒在
　　夢裡
這斗室晨昏不分
歲月似流水無聲
但我聽見
　　季節的腳步
感受
　　人世的悲歡

當椰風送走
　　炎炎的長夏
蕉風來報
　　南國的春訊

當鄰家的孩童

在院子裡

敲打起

　　木箱鐵桶兒

咚咚鏘

　　咚咚鏘

我就睜眼

就昂頭

滿心祥瑞

再次向人間

　　躍騰……


　　　　　　　　　　　一九八三年五月五日

# 琵琶手

彷彿自幽林裡
　　淌出淙淙的涓流
一隻螢火蟲
　　深情地在水上徘徊

彷彿寒夜裡
　　有誰在聲聲嘆息
一串淚珠
　　晶瑩地滾落在塞外沙塵裡

又像從大河的彼岸
　　傳來隱隱的雷鳴
霎時幾道白光
　　劃破了幽暗的蒼穹

從四面八方
　　驟然響起點點戰鼓
一時刀光劍影
　　交輝在萬馬奔馳的沙場

仰望長空
　　夜終歸靜寂
一顆流星
　　悵然失落在無邊的黑暗裡

寥落的掌聲中
我看見
　　琴師手指上
　　　　那枚小小的鑽石戒指
在夜的
　　小鎮的
　　　　街頭……

一九八〇年五月

# 蓮葉煙碟

無端端
把我捏成一個
玲瓏剔透的琉璃綠煙碟
卻讓你在
焚燒慾望之後
隨手
把殘餘的慾火
強姦入我的
貞潔

但你毀滅的是你自己
啊人類
我原出自污泥而不染
入了濁世
依然清純
當裊裊的你煙消雲散
生命
留下幾許塵灰
田田翠葉上
我依然為你

撐著顆顆晶瑩的

　　淚……

# 流蝕之後

放鶴亭前
　　那閃爍在濤聲椰影裡的長明燈
　　　　哪裡去了？
錯列在碎石路旁
　　斑駁的木板店
　　　　哪裡去了？

啊
何處再能聽到
　　和民茶室的氣燈光
　　　　流出夜歸鄉佬的笑聲？
那咿啞的木橋
橋那端踩滿我童年足跡的球場
還有那在我生命的清晨
　　敲響洪亮的鐘聲的
　　　　中華小學
哪裡去了？

眼前
煙水蒼茫
幾艘木舟
掙扎在岸邊
大潮來啦
快放船去
是誰在高喊？

我回頭看
在沼澤的那一邊
在狂流虎視的陸地上
人們已用血汗
　　築起新的家園
一個市鎮
　　正在成長
我又看到熙熙攘攘的鄉民
又聽見從學堂裡傳來的
　　琅琅書聲
那高懸在道路盡頭浮橋邊的

不正是放鶴亭前的那盞

長明燈？……

一九八四年三月廿日　星隆火車上追記

後記：實文然（Simunjan）為砂勞越第一省一沿海小鎮，位於砂隆
　　　河口。砂隆河流水湍急，每逢大潮時，河岸陸地不斷被侵蝕。
　　　一九八〇年六月皆友人ㄚ君到該鎮，ㄚ君出生於實文然，離家
　　　二十多年，此次回鄉，發現二十多年前的小鎮、鎮上二十幾間商
　　　店、華文小學校、球場、廟宇等，都已消失在河中央，不勝驚
　　　訝……

殘損的微笑──吳岸詩歌自選集

# 青山岩

拾級悟玄亭
青石苔裡
尋找祖先的足跡
廟裡香火
何其鼎盛
獨我憑欄眺遠
在點點漁舟中
看見了
　　　當年南渡的帆影

上香不上香又何妨
我即是赤子
自信南海觀音
愛我愛得深
有殿前對聯為證：
青山幽奇恩澤宏施於赤子

山光秀麗鍾毓布化乎蒼生
我的心
此刻如岩外潮湧
浪外飛鷗……

一九八五年三月

注：青山岩是砂勞越著名的華人古刹廟，建於清光緒二十九年或更早，
　　位於砂勞越河河口一處一百二十尺高的峭岸上，離首府古晉市十八
　　海裡，建築優美。廟內供奉三寶佛陀、觀世音菩薩、及媽祖天后
　　等，平日渡海朝拜之香客，絡繹不絕。相傳十九世紀從中國乘坐帆
　　船南來的先民，在經過幾個月汪洋大海的航程後，抵達這個安全的
　　港灣，都要登上青山岩上香。一九九二年進行重修與擴建，費時四
　　年，使原有一畝半之面積增至兩畝半，並增設庭院亭榭，規模宏偉
　　壯觀。

# 越河吟

漫步Pangkalan Batu
望河水悠悠
奔馳河畔的青春歲月
已隨波而逝
舊家在甘蜜街口
路過已無人識
煙波裡
馬來船夫搖來舢舨
笑問端來自何處？<sup>（注）</sup>

也曾經天涯
向風雨裡高歌
也曾經滄海
在驚濤裡揮毫
今夜乘暮色
我要為母親河
　　吟歌……

半世潮起潮落
起起落落都在我心壑

那時看你
從山林中來
　　向大海奔去
現在看你
從蒼茫裡來
　　向蒼茫中消隱

黃昏將盡
河燈已起
最是撩人是晚潮
聽潮聲聲聲拍岸
呵舟子
待我重登舢舨
重溫母親搖籃的晃蕩
河水似醇酒
未嚐
　　已微醺……


注：「瑞」是馬來語「Tuan」的譯音，意為「先生」

題記：發源於西部山林的砂勞越河，流經古晉流向大海。 Pangkalan
　　　Batu是位於古晉市中心著名的渡頭，離甘蜜街不遠。河上有傳統
　　　的馬來舢舨穿行兩岸，為古晉特有的景觀。甘蜜街俗稱新巴剎，
　　　為古晉最古老的華人街道之一，也是我的誕生地。我的故居在甘
　　　蜜街六號「合記」號店鋪，我離開那裡已經四十年了。

# 碧湖

這歷史的封面碧波蕩漾
綠藻下鱗光閃閃
湖湄有人戲水
漫將白雲弄亂

這歷史不堪翻閱
漣漪下煙塵滾滾
槍砲聲夾著呼喊
自湖底悠悠升起
金沙帶血
溢自大地的傷口
匯成
萬頃紅濤……

你驚醒
於遊人的笑聲裡
綠藻下魚兒追逐
微風
把碧波撫得更綠

一九九〇年二月最後一次訪碧湖

注：碧湖位於砂勞越石隆門鎮，為十九世紀末華人開金礦所留下的人造
　　湖，風景優美，為著名的旅遊勝地。一八五七年石隆門華工為反抗
　　英國人詹姆士‧布魯克王朝統治，揭竿起義，後被敉平。

殘損的微笑——吳岸詩歌自選集

## 燈龍
——記一次農村中秋燈籠賽會

孩子們提著小燈籠
四方八面
像螢火蟲一樣
從山野裡飛來
從葫蘆頂
從毛煙港
從金珠盛
從上灣頭
飛向石角河旁
列隊在龍師宮廟前的
　　　廣場

鑼鼓響了
人心動了
沸騰的人群中
一個孩子

驀地擎起一個吐珠的龍頭
一條火龍
從孩子們小小的手裡
颯颯然飛騰上
　　夜空……

注：詩中所引的地名，皆為砂拉越古晉石角鄉區的名稱。

真情篇

SABAH

BRUNEI

SARAWAK

# 成長

我們在夜空尋找最亮的星，
它們在笑，老對著我們微笑。
四周盡是樹林，綠綠青青；
晴空卻藍得平凡，
我們只想看看大海的廣闊，那永生的藍。

在椰園裡艱難地與群蚊一夜周旋，
互相埋怨，不該來這鬼地方旅行；
幼稚的誤會，我們流淚，
用舌尖舔舔唇邊，
味道總帶點兒鹹。

我們害羞，我們的身體，
醜得像剛長粗毛的雛鳥；
邂逅了女神就自以為是詩人，<sup>（注）</sup>
一陣笑聲，笑聲裡半遮半掩
各自心底的秘密。

然後來了一陣大風，未來生活的呼喚，
十個手指緊緊地握在一起，

完全不感到難過，不，不如說感到歡暢；
彷彿把希望的種子撒進希望的泥裡，
在深夜時分，我們分離。

大海呵，你的波濤洶湧，
水是這樣藍，水是這樣藍，
味道又腥又鹹。而我的淚，
味道是那麼苦，
味道又是那麼甜。

有時，在生命的綠葉上，
偷偷爬著寂寞的蟲。
生活叫人在夜裡張大著眼；
喂，飢渴的心臟，不要讓它乾枯！
我於是到膠園裡沾點野露。

碰！鐵門大力地被關上，
靜下了，只有皮靴咯咯在響，
這一切都新鮮。
夜裡有晃動的人影，
白晝的巷角掛著黑眼鏡。

而星星夜夜微笑，
　　閃著我們童時的舊夢，

你在何方？
　　沒有在生活的亂石中摔傷？

今夜，我們重又會見，
你的眼裡泛著大海的波濤；
我們一開口，我的聲音顯得又低又小，
我們一握手，我就被你握在手裡面。
悲傷嗎？不如說感到歡暢。

　　　　　　　　　　一九五七年二月二十一日

注：郭沫若的詩著《女神》。

# 寄海鷗飛處
## ——致默默君

廣澤尊王廟前
小麵攤的燈火已昏黃
你一邊幫父親抹桌捧麵
一邊卻懷想著
　　海鷗佐那丹・里溫士頓<sup>（注一）</sup>

走出憀憀的光影
你跨上那輛舊腳車
獨自在濕漉漉的街道上徘徊
想到家
　　你不禁打了一個寒噤
彷彿那《迷失的一代》的
　　莫名的悲哀
一下子
全壓上你心頭<sup>（注二）</sup>

而你只不過是個
　　十七八歲的少年
有一個充滿稚氣的
　　大孩子的臉

在偶然的一個夜裡
撐著破傘
　　來叩我的門
口袋裡帶著
　　被雨水濺濕了的詩篇

一把半舊的結他
縮小了我們之間的代溝
當我以笨拙的指尖
在琴弦上
　　挑弄起海的波漣
你便情不自禁地吟唱：
　　海鷗飛在藍藍的海上
　　　　不怕狂風巨浪……

當雨季來臨
榴槤方才飄香
而紅毛丹卻已熟透的時候
你飛去了
懷著淡淡的鄉愁
啊　你這赤道的憂鬱的小鳥
可受得了北國冬夜的
　　凜冽和孤寂？
你那未豐滿的羽毛

可抵得住台北
　　春寒料峭？
在偷偷拭淚之後
且在心中
嚐一杯
　　親人懷念的暖咖啡
傾聽春的腳步

春天
你送來了一首歌
一個在陽明山上的陽光下
　　展開的勝利的微笑

而廣澤尊王廟前
　　昏黃的燈光
夜夜映照著
　　你父親頭上的灰霜
當我重拾那塵封的吉他
撥動起思念的波浪
我彷彿看見
廟前那對石獅子
正翹起首
　　瞇著眼
盼望著你啊

佐那丹‧里溫士頓
以矯健的姿態
從茫茫的海上
　歸來……

一九八〇年七月七日於古晉

補記：默默即蔡明亮，是當代世界著名的電影導演，為台灣最著名的獨
　　　立電影工作者之一。他被認為是台灣電影第二次新浪潮的代表人
　　　物之一。曾獲多項國際電影榮譽獎。

注一：佐那丹‧里溫士頓為Richdrd Bach所著「 Jonathan Livingston
　　　Seagull」一書中的主角海鷗的名字。該書之中譯本題為《天地
　　　一沙鷗》，譯者為呂貞慧。
注二：默默（原名蔡明亮）於1976年曾發表中篇小說《迷失的一
　　　代》，描寫青少年與家庭間之代溝所引起的苦悶和掙扎。

附記：與默默分別已兩年餘。他到台灣升學，在台北陽明山中國文化大
　　　學念影劇系，曾幾次給我來信，我都因為忙而沒有回覆。然而我
　　　是常常想念他的。昨夜乘興寫了這首懷念詩，打算郵寄給他，不
　　　料今天竟接到他的電話，說是已於前天返抵古晉渡假了。這令我
　　　驚奇不已。默默在電話中說，這也許是「心有靈犀一點通」吧。

一九八〇年七月八日

# 給來自邦咯島的青年

你們踏浪而來
臉上
還沾著邦咯島的餘暉
蒼茫的夜色
使你們更黝黑
牙齒
卻如晶潔的貝殼
告訴我們
詩人
哪兒有我們美麗的詩篇

我沉默
沉默在漆黑的夜裡
凝望著你們眼中憂鬱的星光
遠處
海在呼吸
我聽見濤聲
聽見海的兒女的嘆息

我要趁著黑夜

借你們微微的星光
和你們一道踏浪而去
我要和你們一起
把希望的網
撒向澎湃的海洋
明朝
滿載著詩
回到邦咯的港灣……

一九八五年七月卅日於江沙

後記：江沙崇華中學主辦全吡叻學生文藝工作營，自七月廿九日起一連
三天在崇華中學舉行，參加者逾四百人，盛況空前。我於廿八日
偕甄供、丁雲二位應邀由吉隆坡北上，傍晚抵達。飯後李榮德老
師帶往參觀營地，遇四個最先報到的青少年。他們自我介紹是來
自邦咯島的莎露羚、峰、吳斐和儒亮。一見面，就問我如何寫
詩。因感於他們對文學的熱忱，乃草此詩，並於三十日演講時
朗讀。

補記：當年只有二十歲的莎露羚，於1990年以王濤之筆名出版處女詩
集《漁人的晚餐》，隨後出版《只有浪知道我們相愛最深》，
《醋熘白菜》及《再戰大海》等詩集，成就卓著。

## 碰擊之歌
——與半島詩人之會

流水知道流水為何
　　日夜不停地在寂寞的羈旅中
　　　　　　　　　奔走

星星知道星星為何
　　夜夜癡心地在黑暗的蒼穹裡
　　　　　　　　　等待

相逢是蒼茫中一種
　　必然中的偶然的
　　　　　　驚詫

生命是流水與流水是
　　星星與星星間剎那的
　　　　　　　碰擊

你我是歡躍在海上的浪花是
　　閃過夜空的光焰是
　　　　　　詩……

一九八三年七月十五日

# 達邦樹禮讚

你是山頂上
　　一棵高大的達邦
在拂曉時第一個
　　去迎接黎明的曙光
你那參天的綠葉
　　吮吸著宇宙的靈氣
蜜蜂在你的懷抱裡
　　釀製百花的芬芳
那一天
　　我來到山下把你眺望
只見你一身潔白
　　沐浴在晨曦裡
像一個銀色的巨人

有一年炎熱的七月
正是燒芭的季節
熊熊的野火
　　　把山坡燒成一片焦黑
我站在新闢的芭場上向你眺望
只見你歸然不動
　　　屹立在滾滾的濃煙中
像一個古銅色的巨人


半夜裡我從夢中驚醒
耳邊猶聽見轟隆一聲巨響
我連忙起身
　　　向山頂瞭望
啊
美麗的達邦樹啊
你已不見了踪影
你已經倒下了
　　　消逝在黎明前最深邃的黑暗中

從此山頂上
　　再也看不到巍峨的達邦
你已化為沃土
滋育著漫山的稻秧
每當夕陽西下
　　彩雲片片的時候
我抬頭遠眺
彷彿又見到了你
含笑地陶醉在晚霞中
像一個金色的巨人

注：達邦樹（Tapang）是婆羅洲生長的一種極其高大的樹木，木質堅
　　硬，樹上常有蜜蜂做窩，其根部面積寬闊，達雅族人取之製成精緻
　　的桌面。達邦樹是達雅族人傳說中的神樹。

殘損的微笑──吳岸詩歌自選集

# 椰頌

在淒風中
它不嘆息
在苦雨裡
它不哭泣

頂天立地
向藍天開展綠羽
迎著狂風暴雨
它翩然起舞

根
深植在悲哀的泥土裡
默默地
把大地的眼淚
釀成瓊漿玉液

# 詠含羞草

無需人來栽培
更無需人來憐惜
在這荒野裡
吐著一朵朵紫紅色的花球

輕撫
它含羞
侵犯
它用荊棘自衛

別笑它在風暴中
只剩下殘枝敗葉
當雨霽天晴時
它又展開黛綠色的衣裳
吐出一朵朵紫色的花球
默默地
把這荒野點綴

# 榴槤賦

嘩啦啦八月一陣驟雨後
靜寂的街頭
忽然人群蜂湧
上市的消息比風還快
那檔口的老闆娘已笑不攏嘴
看著她的顧客彎腰屈膝
　　　如痴似醉

膜拜之後你巍顫顫地
拾起一副盔甲
一頂自由女神的皇冠
巍顫顫地捧它於十指間
端詳，估重，搖抖，傾聽
又俯下尊貴的神庭
一親它的芳澤

有人掩鼻而過了
退避何止三舍
想起三保太監的惡作劇他要作嘔[註]
世間美果據說都國色天香

美國紅蘋果澳洲金橙

哪個不玉膚凝脂

獨它一副赤道莽林裡的青面獠牙

氣味撩人三日不絕

唉　是美是醜

是香是臭

這問題千年了還爭論不休


而它卻兀自巍立危山絕谷

巋然以億萬年風雨煉就的雄姿

任蝙蝠蔽天鼠蛇漫野

日日夜夜

在潔白的子宮裡

孕育著稀世的醇膏


披上盔甲

戴上自由女神的皇冠

伴著八月驟雨的前奏

悠然降臨人間


一九九〇年二月二十八日


注：南洋民間傳說，榴槤果實是鄭和下西洋路過時把糞便掛在樹上所形
　　成的。

殘損的微笑──吳岸詩歌自選集

# 真情

當你看到我的微笑
而我已遠去
當你在寂寞的夜裡
　　看見屋簷上的星光
而我已殞落

但我仍微笑
在你的心裡
我仍為你閃爍
穿越過億萬光年

一九八一年十一月五日

# 自白

我常在急急行走的人潮中驀然
　　　駐足
自問此去
　　　何處？

我常在飲勝的狂歡聲裡倏地
　　　停杯
自問這又到底為了
　　　誰？

當一切激昂
徒然催人入睡
我只等待
等待那已然等待了千年的
　　　靜夜裡的一次
　　　　　悸動

我將掙脫一切鐐銬
自堅硬的巨石中
自淡淡然淌血的十指下
如一樽無瑕的塑像
徐徐
　　步出……


　　　　　　　　　　一九八八年十二月

# 生命存檔

瘀黑的血遂溫熱而紅
洄然流向胸膛的傷口
傷口驟然癒合
吐出致命的刃
他起身
站立
長嘯一聲
回音來自
　　天宇

再來一曲吧
歡呼聲如江濤倒捲
捲出沉積心底男性低音裡
瀟瀟雨歇後的壯懷
復以飛越賀蘭山的悠揚
收拾了一片
　　山河

回望岸上
再見伊含淚的笑

殘損的微笑──吳岸詩歌自選集

他伸展雙臂
懷抱了伊投入的吻
濕了肩臂的伊的淚珠
涔涔然回歸伊雙眸深處

鐘聲敲響午夜
當長針和短針
緊緊擁抱著
指向燃燒的
　　星空

遙岸那微光是夕照嗎
汽笛已經響過
送行的媽媽再三叮嚀
牽牛花盛開在籬笆上
他背著小小一個包袱
一臉孩子的惶惑
那不是夕照
是冉冉升起的
　　朝陽


　　　　　　　　　一九九五年三月二十日

# 寂寞

寂寞
是洶湧的海上的
　　　無舟

寂寞
是激情的琴手的
　　　無弦

寂寞
是久盼我門上你輕叩後的
　　　無人

你來
帶著你的六弦琴
我們一道
揚帆……

　　　　　　一九八三年六月十三日　出拉讓江口入海船上

# 執著

曾是一隻
　　失落了燈籠的螢
在風狂的夜裡
獨自飛行
風吹落我
黑暗吞噬我
我恆是
　　固執著微微的生命
穿過山林
越過深谷
闖過死亡的大江
折撲
　　向你
遙岸上
一點
　　明滅的
　　　　溫馨……

一九八三年七月三日

# 瀟灑

那時噪鴉的舌
已化作群蛇
　　四合
他依舊沉默
如潛魚
靜聽來者的喋喋
不覺
遍身
已披上
　　五彩流金的鱗甲
卻又退一步
一個斜飛式
恰似雲底迴鷹
　　漫然展翅
要藉千里逆風

翦洗
　　翻飛的灑脫
而四座已瘂然
瘂然於他緩緩自沉默之鞘抽出的
　　慧劍的灼爍
他起立

　　　　　　　　一九八三年七月五日

# 等待

海
退潮後
仍深深懷念著
　　沙岸上的斜舟

季節風
遠去了
又遙向
　　斷桅問候

你可醒來了
舟子
從昨夜的
　　酒愁？

　　　　　　　　　一九八三年十一月廿二日　浮羅交怡

# 青春

你曾輾轉於漆黑的夜裡
恨不得立刻變成
　　一把熊熊的火炬

你曾徬徨在岑寂的荒原
夢想能立刻化作
　　一陣飛掠的狂飆

當你奔走在無邊的林野
你彷彿覺得自己是
　　一匹騰躍的駿馬

對著那高入雲霄的險峰
你朗朗而笑立意要當
　　飄揚在頂峰的旗

問何日春花浪漫開
你要採一朵幸福的薔薇
　　送給久別重逢的她

但昨夜裡你卻欣然
　　化作一顆晶瑩的露珠
在黎明前最黑暗的時辰

當朝陽從東方緩緩升起
你也悄悄地消失了自己
只有天涯芳草為你留下璀璨的記憶……

　　　　　　　　　　一九八〇年七月廿八日

# 波浪

你曾是一個波浪
捲起、翻騰、衝激
帶著呵呵的笑聲
瞬息之間
消失
　　　在時間的海洋上

今朝
我重臨海濱
憑弔你逝去的踪影
只見汪洋裡
千波萬浪
滾滾而來
每個波濤裡
都有你呵呵的笑聲！

一九七九年六月

# 在時空的雲層外

人間又清明

想此刻香火繞山
煙塵瀰漫
年年今日
我總化作黃花一朵
在日夜擴大的遺忘的荒野上
為你綻放

但此刻我在高空
俯瞰茫茫雲海
萬里長空
情寄何處？

忽見機翼下大江逶迤
自千山外奔流入海
遂憶你
當年壯志凌霄
卻在一場不測的雷霆中
化作春雨

悄然灑落大地

從此山泉汩汩
澗流潺潺
匯成大江如斯
悠悠然注入永恆

壯哉人間
在時空的雲層外
歷史清且明

　　　　　　　　一九八九年清明節　於砂上空

# 風與石

就算你是什麼龍捲風
叱吒喧囂
不可一世
你也不過是一股
　　幌動在魔扇下的氣流

瘋狂一陣之後
終要回到
　　誕生你的陰溝去

而我是一塊石頭
一塊沉默而冰冷的石頭
任你揶揄
任你鞭刮
我仍然沉默而冰冷
因為我曾是熾熱的岩漿
我是堅守在
峭壁上的一塊火成岩

　　　　　　　　　　一九八〇年十月七日

# 瀑的話

如果不是來自山林
我哪會如此冰清

如果沒有岩石阻攔
我哪會這樣奔放

如果不敢飛躍懸崖絕壁
我哪會有如此磅礴的生命

一九八一年四月十八日

# 第三類鄉愁
## ——遊動物園觀虎有感

抬眼
無視於欄外
　　人類的訕笑
卻向雲外
尋找綠林的投影
　　青春的跳躍

夕陽斜了
遊人鬧了
又有誰
知他斑白眉宇間
此刻多少愁

總愛閉上眼
漫自踱步
七步
　　八步
便在深潭死水邊駐足
仰天
長嘯

颯颯寒風裡
又見林海翻波
又聽群峰音回
張眼
更不屑看欄影外
　　人類的驚愕


　　　　　　　　一九八三年七月九日

# 脊椎骨

受精以後
生命
在混沌的胎宇中
駕百萬年競存的凱樂
最先
出現了
　　　脊髓……

晶椎玉砌
節節向上
冠一朵智慧的花
緩緩開放
巍然
直立於
　　　世上……

為何
你們卻戀棧
戀棧恐龍的龐橫
蛇的蜷曲

寄生蟹的苟縮
水母的
　　明透？

是人
直立
仰望日月
俯看河山
秉浩然正氣
在洪荒中
斬劈
　　人間正道……

一九八五年二月

# 灰燼

冷漠中有一絲溫熱
黑暗中有一點熒光
隱約
在你我心中

漫長而寂寞的旅途中
我依然沉默
不絲毫透露心跡

或許你已窺見
但最好你全沒察覺
讓你
在分別之後
在另一次寂寞的旅途中
從遺忘的灰燼裡
重抬溫熱

# 倒影

它的碩大
它的茂密
它在微風中的婆娑
它在暴風中的不屈
它的一圈圈發亮的年輪
都不過是那場壯烈而無聲的
　　地下生命在空間的倒影

在那裡
種子睜開了眼睛
柔指剝開千年的巨石
細臂向泥土撒開巨網
朝著地球中心的溫熱
黑暗中於是有了蒼虬的大樹
不
它不在地上
不在你的眼前
你所見到的
不過是一場壯烈的無聲的生命
在空間的
　　倒影

# 樹的懷念

是的
我依然茂密如故
正如你所夢寐以求
一年四季都披著綠衣
這裡的雨季已開始
從早到晚
我像穿著綠色的雨衫
撐著綠色的大傘
在雨中佇立
偶而有狂風吹過
雷電閃過
而我依然寂寞

你那裡該是深秋吧
秋風該吹紅了你的衣裳
秋陽也該已把你點燃
翩翩的落葉是一種怎樣的壯烈啊

我羨慕
羨慕你能在秋風中脫盡繁華
在嚴寒中裸露
在枯萎中
重生

# 音樂噴泉
## ——星跡之五

當柔泉
　　在纏綿的紫光中
駕著金鼓的雷鳴
向夜空
　　射出銀花時
兒童歡呼
老人嘆息
年輕人
聯想起生命的奧秘
不覺
把身邊的戀人
　　摟得更緊

一九八三年一月

# 雨

大門外
灰暗的天是海的倒懸嗎
到簷頭
頓成拍岸的驚濤

你我是佇立煙津
　　　待渡的歸人
有傘的人是幸福的
看他們向風雨裡
撐開三兩小舟
飄然而去
眾目中
伊颯然牽出一葉彩舟
共他握一柄纖纖槳兒
也放浪而去
樂得那舟兒險些翻覆

獨有我們
愁看天涯外冥色逼人
忽聽得有人高喊

燕子　燕子
人群
遂作了浪裡白跳
轉瞬都躍入海中

一九八八年一月十二日

後記：某日欲離開辦公大廈時逢大雨，時值下班，上班族擁擠在門口候
　　　雨，無意間觀得此景。

殘損的微笑──吳岸詩歌自選集

# 傷痕

不，一切的哭泣
都無需先入為主
它發自肉體的撕裂
靈魂的熬煎
尋找我的呻吟的時空成因
是無聊的詩論者的遊戲
我活在傷痕中
我即是傷痕
重要的我沒有腐爛
沒有死亡
我的呼喊和呻吟
都為了後來的人
不再有傷痕

一九八九年五月

# 沉默
## ——致一位詩人

你說你要沉默
那就沉默吧
且在沉默中
帶著你的豎琴前進

沉默
是生之旅程中
　　　灰色的沼澤
越過它
前面就是一片
綠色的叢林

我也何嘗不沉默
啞然似乾涸的古井
沉默之於我
是生之長歌中
　　　一串無形的休止符
越過它
我就躍上一個
　　　新的強音

那時候
你我都將情不自禁地
　　引吭高歌
在詩的
　　光燦奪目的翠峰上
伴著你的琴聲


　　　　　　　一九八〇年三月廿日

# 破曉

這夜的呼吸多麼困難
你向我伸出枯萎的手
啊
　　　老人
我的熾熱的血
如何抵擋那逐漸逼近的冰涼
當岑寂終於吞沒了最後的呻吟
我起身
走出門外
　　　那時天剛朦朦亮……

這夜的脈搏多麼焦急
你向我伸出溫熱的手
啊
　　　愛人
我的奔騰的血

要為你傾注多少愛和希望

當第一聲嬰啼劃破了夜的靜謐

我起身

走出門外

　　那時天剛朦朦亮……


　　　　　　　　　　一九八三年六月十日

# 舞者

那笛聲
幽遠而神奇
自千尋的海床
自萬年的睡夢裡
　　　升起

張眼
遂驚覺
那流水的汨汨
竟是自己的
　　　脈搏

四周是凝固的黑
我起立
夜的鐐銬鏗然跌落
一顆流星
粲然劃過天際
我們
　　　心星相印了

奔
向荒原奔
擊碎層層的黑霧
向我要去的方向
而狂風乍起
腳下陸沉
拋我於廣漠的
　　　虛空

飄
　　　飄
飄我似落葉一片
也何等逍遙
更作蒼鷹展翅
向狂飆裡
迴旋
　　　迴旋

至高山之巔
昂然而立
展健鑠的雙臂
托一個人間
緩緩
　　　向上

至蒼穹的
至高點

山下
海已翻騰
人已翻騰
曙光
自萬千眼波中升起
照亮
　　　我銅色的胴體
點燃
　　　我胸膛裡
　　　　　澎湃的生命……

　　　　　　　　　　　一九八四年十二月

# 破曉時分

我聽見一種奇異的聲響
一種全新的聲音
我張開眼睛
晨光也是奇異的新
長夜的黑暗
鑄造了如此明亮的白晝
生命的種子
總是在黑夜裡播下的
我記起來了
但我忘了我是誰
我沒有名字
窗外的樹在晨風中輕輕舞踴
我想
今後即使有狂風來襲
也可以隨之舞得瀟灑
一面高歌
片片的落葉
都是新的生命

# 朦朧

不
不是
不是隨意的潑墨
不是少婦臉上的輕紗

是歷史土崩後血肉的模糊
地層下生還者隱約的呼喊
是微星潛過黑宇宙的行跡
朝曦透過霧的封鎖的光暈
是滄桑的淚眼中漾漾然展現的微笑
灰燼在冷卻中緩緩的重燃

一九八四年六月

# 蛾

暮色蒼茫中
一輛輛
流金瀉銀的汽車
競相奔赴
一城冷冷燃燒的
　　火焰

一個原始而淒美的悲劇
正以現代壯麗的方式
　　進行

# 哀白鷺

一隻白鷺
不棲於江邊煙樹
卻獨立在高壓電柱
環顧
不見青山翠谷
只見高樓遮日
俯瞰
沒有清泉靜湖
只有車流洶湧的公路

啊　孤獨的白鷺
童時我看你
翩然輕落在水牛背
長大後我見你
霍然飛起
自李白的秋江詩
如今
為何流落到此？

徬徨四顧

不如歸去

歸去　歸去

何處是歸宿

歸去　歸去

處處

　　　煙霾毒霧……


　　　　　　　　二〇一〇年十一月十日　於葛園

# 淚
## ——聽男高音陳容演唱

我不知道
當花兒盛開時
流不流淚

但我知道
當它是種籽掙扎在沙石下時
它不流淚
當它獨自在一個寒夜裡
破土而出時
它不流淚
當它那摸索向藍天的枝葉
驟然遭狂風吹折
他不流淚
當暴雨如權威者的笞鞭
抽向它含羞的蓓蕾時
它不流淚

殘損的微笑——吳岸詩歌自選集

但今夜
在光華四射的水晶燈下
在你翱翔馳騁的歌聲中
為什麼
我已熱淚盈眶


哭吧
花兒
為我們的盛開

一九八八年四月十五日　晚宴席上

補記：陳容於二〇一一年二月四日華人年初二日不幸逝世，享年
　　　五十二歲。

殘損的微笑──吳岸詩歌自選集

# 犀鄉篇

SABAH

BRUNEI

SARAWAK

NOT TO SCALE

# 飛舟

舟
　　飛
在千山萬壑間
　　　　在厲風疾雨裡
　　　　在洶湧的拉讓江上
逆萬頃狂濤

我們
全濕透了⋯⋯

西蒙瞇著眼
在茫茫的雨網中
　　　駕馭速度和方向
伊娜
　　頭巾淌著水

她每一揮手
船
　　便繞過了暗礁
我無助地
　　　坐在寒風冷雨裡
看江畔千年古樹
　　　　向後飛逝

正要問
　　　這雨中江山多美
　　　　　　浪裡飛舟多嬌
一個巨浪
兀地劈空而下
彷彿要把船兒砸碎
驚回首
長舟
　　已闖過
　　　　　亂石灘頭

西蒙豎起手指
　　粲然向我打一個Ｖ號
伊娜回眸
　　婉然展一個會心的微笑


輕舟飛上長河
濺起連天銀沫
　　蜿蜒
　　　　向煙雨蒼茫處……


一九八〇年十二月廿六日


後記：十二月廿五日，應伊班族友好西蒙之邀，乘長舟自加帛鎮啓程赴
　　　拉讓江上游訪問其家鄉長屋。西蒙自己駕駛舷外摩多，其妹伊娜
　　　在船頭當前導（Jaga Luan）。我們在浩浩的江波中逆流而上，
　　　經過多處湍流險灘，時又恰逢滂沱大雨，頗覺驚險，逐成此詩。

殘損的微笑——吳岸詩歌自選集

# 長屋之旅

在夜的急流中
勇敢的古邦為你掌舵
在亂石灘渡頭
熱情的沙佈為你照路
攀上長屋的門口
阿拜向你伸出歡迎的手
在溫暖的房間裡
因奈早準備好晚餐
從灶火灼灼的廚房內
美麗的娜揚啊
為你端出香醇的杜阿……

一九八〇年十二月卅日

注：伊班族為砂勞越最大之土著民族。詩中所述「古邦」，「沙布」為伊
　　班男子名；「阿拜」為伊班語父親之意；「因奈」為母親之意。「娜
　　揚」為女子名。「杜阿」（Tuak）是該族人所釀製之一種米酒。

# 飲杜阿 <sup>(注一)</sup>


男人們席地而坐
圍著一罎酒
燈光照見
他們粗大張開的腳趾
滿刺著圖騰的手臂
和笑得嘴不能合攏的漲紅的臉

在男人的背影裡
婦女們端坐著
嚼著檳榔
她們無聲的眼光
一如牆角古龍甕上隱約的幽光
蕩漾著對男性的讚賞

隨著又是一陣呼喝
十幾只酒杯向上高舉
一傾而盡
在粗獷的笑聲中
一位青年漢子
又搶過酒罎爭著為老鄉斟酒

顫抖的手
把酒兒濺了滿地

於是
女人的眼角
呈顯出歡愉的皺紋
被檳榔染紅的牙齒
也閃閃發光

長屋背後
村雞第二次啼了 <sup>（註二）</sup>
啼聲
浸沒在無盡的笑浪裡……

一九八〇年十二月卅日

注一：杜阿（Tuak）為伊班族一種土製的米酒。
注二：長屋居民在夜間習慣上以雞啼聲來判斷時辰。第一次雞啼約在午
　　　夜十二時半；第二次約在清晨三時；第三次在清晨五時。

# 迎賓

穿起你那艷麗的圍巾
披上你那威武的獸袍
戴上你那高貴的羽冠
佩起你祖傳的寶刀
歡迎啊
　　　四面八方的英雄

盛裝的姑娘已列隊在梯口
身上的銀佩正叮噹作響
看她們手中捧著酒杯
準備迎接客人到來
歡迎啊
　　　四面八方的英雄

河水嘩啦啦地響
英雄們的長舟已駕到
諸神啊
請跟隨貴賓們一道蒞臨
先把長矛戳穿豬兒的喉嚨
再嚐一杯芳醇的杜阿
歡迎啊
　　　四面八方的英雄


　　　　　　　　　一九八〇年十二月卅日

# 賽鼓

你乘著波浪來
你駕著長舟來
本胡魯
大魯麻
趁今日「加歪」<sup>(注)</sup>
大家來擊鼓
碰碰拔
碰碰拔
揚起的五指
如雄鷹翱翔在高空
下擊的手掌
如雄鷹向地面俯衝
快擊啊
快擊啊

殘損的微笑——吳岸詩歌自選集

讓鼓聲如急雨般迅速
誰要是有一點兒差錯
誰就罰飲這杯酒
碰碰拔
碰碰拔……

一九八〇年十二月卅日

注：「本胡魯」與「大魯麻」均為伊班族酋長。本胡魯」相當於村長；
　　「大魯麻」則為長屋屋長。「加歪」（Gawai）是伊班族之節日。

# 犀鳥頌

人類歷史上的皇冠
都用黃金鑽石打造
你爭我奪
終究跌落
破碎

我的皇冠
有生命的血脈
棲息在叢林高山上
縱使被狩獵
仍在子孫
頭上
一代又一代

注：犀鳥（Hornbill）為婆羅洲特產的鳥類，伊班族視為神鳥。

殘損的微笑──吳岸詩歌自選集

# 天猛公之筵

在拉讓江的上游
在伊班人的故鄉
尊貴的天猛公大酋長
正在招待他的尊貴的客人

早餐
他以唐朝的酒樽敬杜阿米酒
中餐
它用宋朝的瓷盤盛恩布勞魚
晚餐
他準備了那香噴噴巴里奧米飯
看
美麗的女兒端出了清朝的大花碗

注：天猛公為原住民族最高酋長的稱號。杜阿酒（Tuak），即伊班族
　　人的米酒。恩布勞魚是拉讓江的特產，魚肉鮮美。巴里奧香米，巴
　　里奧高原（Balio Plateau）的特產米。

# 鵝江浪

江水浩蕩　波濤洶湧
是誰
駕一葉扁舟
飄向彼岸？

浪落時
不見了踪影
久久
久久
啊呀呀
莫非那舟兒人兒
都已在浪裡葬身？

殘損的微笑——吳岸詩歌自選集

待到浪起時
卻只見
馬來母女倆
手把槳兒
笑吟吟
坐在浪峰上……

一九七九年五月於拉讓江上

注：拉讓江又稱鵝江。

# 守護的神

守護的神站立在繁華的街邊
在瞭望
在傾聽
一如他依然屹立在摩拉督山的原野中
但守護神已經沒有了眼睛
胸膛也被歲月挖空
可他依然在瞭望
在諦聽

你聽見了什麼啊
那不是卡布阿斯河的流水
那是風馳電掣的車流
那不是猿啼
更不是辛加望鳥的呼喚
那是呼嘯而過的警笛和急救車的狂鳴
你又望見了什麼啊
那不是河對岸家鄉的長屋
那是灰色的鋼骨高樓
那駐足在你周圍的不是你的子民
他們已經不知流浪到何方

那前來觀看的
只驚異於你抽象的形體
更欣賞你的望穿宇宙的空虛

也許明天你會流落到遙遠的國度
寂寞地佇立在藝術館裡
禁錮在某個富豪的廳堂的角落

我的守護神
你依然在瞭望
在傾聽
一如你依然屹立
在摩拉督山嶺的原野中
那挖空的眼裡依然有淚
一柱朽木
鑄造了永垂不朽的站姿
望穿家山的白雲
聽不盡卡布阿斯河汨汨鄉愁
問何時
深山
敲響子民的銅鑼？

# 達雅族盲人歌手

一副黑眼鏡
一架古舊的電子琴
一個鐵罐子
每天　總見他
在商場的一角
攸攸地唱

大白天
他守著永遠的黑夜
音樂隨十指的起落
歌聲低沉
蒼涼

他唱馬來族情歌
唱族人的民謠
有時也唱英文歌
The End of the World

那天　偶然
聽到他唱華語歌曲

時光悠悠永不回
往事只能回味
唱完一曲
又唱起
月亮代表我的心

匆忙的行人
漠然
從他身旁走過……

# 阿都加林的來信

只這麼一頁書籤
似楓紅一片
悄然
自北國的天空
飄落
　　　我驚喜的案前

一樹禿枝
遙對深秋的殘陽
高舉
如千掌
召喚
　　　風雪背後的春天
托一首詩
淺淺
像一曲無聲的歌：
凋零
是更新的成長
是一季萌發前的
　　　偉大的犧牲

翻過來
一行草書
瀟灑若飛騰的浪花
*Aku tahu*
*Proses pertumbuhan*
　　　*adalah perontaan*
（我知道
　　成長的過程
　　　　是掙扎）


一九八二年十二月

# 卡布安河傳說

從白雲繚繞的克林干山
潺潺的澗溪奔流而下
匯成了迂迴湍急的
卡布安河

不論晴天還是雨天
卡布安河濤聲不絕
不論早晨還是黃昏
卡布安河都光彩耀眼

傳說河畔有一個甘榜
甘榜裡有對年輕戀人
正直勇敢的獵人達揚
愛戀著美麗的姑娘雅蘭

雅蘭的父親屋長巴力
斷然拒絕了達揚的求婚
鄰村的馬南沙蓋
是他心目中的女婿

父親的意願不能逆反
屋長的命令不能違抗
雅蘭哭斷了肝腸
達揚更日思夜想

長屋裡婚禮就要結束
頭戴銀飾的新娘滿面淚痕
那滿綴彩珠和銀盾的衣裳
閃著耀眼的光芒

河邊長舟就要把她載走
絕望地她登上命運的船
心中卻仍在呼喚著
達揚達揚不要離開我

傷心的達揚此刻站在河岸上
千杯杜阿酒使他愁更愁
他瘋狂似的高喊道
雅蘭雅蘭我們不能離分

長吼一聲他縱身一跳
跳落在迎親的長舟上
剎那風起波湧驚濤拍岸
翻覆的長舟已無影無踪

從此卡布安河畔的長屋
流傳著這淒美的愛情故事
從此卡布安河水聲嘩嘩
滔滔波浪閃著奪目的光燦

那日夜嘩嘩的波浪聲
是達揚不絕的呼喚
那晨昏閃爍的光燦
是雅蘭的新娘衣裳……

# NGAJAT
## ——致伊班友人西蒙並祝賀達雅節

鏗鏗鏘　鏗鏗鏘

冠帽上的犀鳥羽毛
在黑暗中搖晃
天未亮
他踩著輕快的節奏
在森林裡探索
一手執著長矛噴筒
一手執著盾牌
腰間掛著巴朗刀

他窺見樹林中有人的黑影
那人也在黑暗中探索前行
也一手長矛噴筒
一手盾牌
卻看不清他的面孔

一場藏匿
一場偵察
一場追逐
他們互相遭遇了
黑暗中刀光閃閃
兩人在互相叱喝聲中
展開了廝殺

鏗鏗鏘 鏗鏗鏘

勇敢的他
砍下了對方的頭
（巧妙地把對方的冠帽拉下
對方應聲倒地）
他發出了勝利者的呼喊
他踏著勝利者的舞步

曙光透入森林
大地漸漸明亮
他看見了死者的面貌——
那是什麼敵人啊

啊啊　啊啊
那是我的兄弟
那是我的兄弟啊！
我殺害了我的好兄弟！

他拋棄手上的武器
提著死者的首級
悲哀地跪在地上
神啊　原諒我吧
寬恕我的罪過
哀號　懺悔
他踏著悲傷的舞步
在死者的四週禱告

冗長的祈禱感動了大神
看　死者復活了
他驟然一躍而起
（手上的冠帽
巧妙地往死者的頭上戴）

啊呵 啊呵 啊呵
我的兄弟復活了
我的兄弟復活了
他緊緊地擁抱自己的兄弟
他們拾起地上的矛和盾
相對翩翩起舞
冠帽上的犀鳥羽毛
隨風飄蕩

鏗鏗鏘……

注：Ngajat，一種伊班族傳統的武士舞，由身著戰袍的武士表演戰爭或
　　狩獵的動作。鏗鏗鏘是一種銅製打擊樂器敲擊的聲音。

殘損的微笑──吳岸詩歌自選集

# Sunday Market

城市還在睡夢中
從山地跋涉而來的
一群達雅農婦
已悄悄
用背簍
把一座山林
背負到這街巷的
　　　一角

趁夜色
馬來漁夫
從海上歸來
滿載魚蝦的漁船
已在這裡
　　　停泊

太陽
最早從這裡升起
人們
從四面八方

蜂擁而來
擠進了山林
潛入了海洋
看遍野珍奇的山菇野菜
看滿灘鮮活的金鯧銀蝦

盛滿菜籃子也好
空手也好
離開時
你都覺得
滿載而歸了……

後記：星期日市集，在馬來西亞各個城鎮都可見到，但座落於古晉北市
　　　砂督路街市的市集，卻具很獨特的地方色彩。許多從城市十數里
　　　外山地遠道跋涉而來的達雅族勞動婦女，以背簍背負各種野菜山
　　　果，在這裡匯聚。她們沒有市集特設的攤位，只在市集的邊緣席
　　　地擺賣。而野菜和山果類，都深受市民喜愛。此外，馬來族漁人
　　　擺賣的各種魚蝦和他們招徠顧客的親切態度，也給人留下深刻的
　　　印象。

# 浮木

（一）
不過是一場雨林驟雨
終於
真相大白

是我們復活的日子
是我們出殯的日子
是我們示威的日子
是我們向世界宣判罪犯的日子

千里迢迢浩浩盪盪
沉默中
我們像千軍萬馬
奔流而下
帶著地球淌血的泥漿
滿佈廣闊的拉讓江

## （二）

含著淚眼

緩緩

漂經一個個甘榜

一個個小鎮

告訴人們

是否還有明日

當億萬年的青山綠水已消失

當犀鳥在悲鳴中無處逃逸

人猿已葬身火海

鱷魚正在喘息

而恩不老魚已為我們陪葬

滿江腐屍


帶著怒火

我們緩緩經過

那金光燦燦的城市

那裡宴會正在進行　飲勝

董事會正在研討

以環保的名義

購置更先進的電鋸和直升機

有人拉下了黑色窗簾

不　我們不知道

我們不知道發生什麼事情
哦　是廢木嗎
那是朽木　是垃圾
就讓它流到大海去吧
也省得清除

（三）

浮木嗎？朽木嗎？垃圾嗎？
別說那沉冤千年的樹桐
我這被千刀萬剮的木屑
也已經復活
在你們的屠刀來臨之前
我們曾是婆羅洲高原上
枝葉茂盛的雨林
吐納著宇宙真氣
守護著地球
養育著人類和珍禽走獸
是你們奪取了我們綠色的黃金
你們戮殺了我們的身軀
拋下碎葉殘枝
而我們已經復活
流向大海
我們將向大海控訴
向全世界人類控訴

（四）

啊　拉讓江

我曾是你孕育的歌者

你那清澈的波濤

兩岸的英雄事蹟

是我的詩歌永恆跳動的脈搏

即使在十年的黑牢高牆內

我依然聽見你的澎湃

忘不了是伯拉古高原上

鬱鬱蒼蒼的原始森林

忘不了是如樓河畔流淌的

浣衣女和朝霞的清澈的倒影

忘不了是你

從白雲深處飛落人間的瀑布

如今青山已不再

江水已黃濁

淤濘　如心肌梗塞

氾濫　如血管的爆裂

拉讓江在哭泣

詩人在哭泣

（五）

加帛岸上的福隆亭
香火日夜不斷
山上基督教堂的鐘聲
日夜鳴響
告訴世人啊
我們已經復活
我們永遠復活
我們正繼續向大海
向人類控訴

後記：位於拉讓江上游的高原，因濫伐雨林，一場豪雨，導致土崩滑
　　　坡，山泥傾入拉讓江，堰塞湖爆破，上游長年累積的木桐和浮
　　　木，漂流而下，佈滿江面，長達三十公里，江中生態死亡。

殘損的微笑──吳岸詩歌自選集

# 行腳篇

SABAH

BRUNEI

SARAWAK

# 夜宿江中

天上一彎殘月，點點星星，
江面夜靄瀰漫，夢似的恬靜，
只有江水湧著船纜聲唧唧，
夾著旅伴們的疲憊的鼻息。

漫漫的夜，我的夢很短暫，
望水上螢光，想明日旅途的艱難；
當岸上有了雞聲人語，
我的前進的鈴就要敲起。

一九五七年十二月　巴當魯巴

# 拉讓江渡頭

茫茫曉霧中
有樹影浮現
快艇乍慢了
江畔
誰在招喚
正緩緩靠岸
漩流裡
已躍上一個年輕漢子
一雙花式拖鞋
嗖地飛上甲板
船家打駕駛樓上
以福州語高聲招呼
那漢子呵呵大笑
一伸手
自船舷外
牽起一個含羞的少婦
一個小寶寶
正在她懷裡甜睡
幾陣顛簸
船身突突突倒退

女人回看窗外

陡岸上

一個老人

兩個孩童

一隻吠著的狗

還眺望在榕樹下

轉眼間

都消溶在

　　茫茫曉霧裡……


　　　　　　　　　　　　一九八五年四月

# 尼亞河野渡

船行出林蔭
乍見晨光耀眼
竹岸上三兩村舍
渡頭畔四五斜舟
哪家的小姑娘
在河邊濯水
弄了一河清波漣漪

嚶嚶鳥鳴中
陽光篩落千樹
一徑羊腸
沒入荒林深處
竟驚聞自己索索的步履了

匆匆
在枯葉上
跟隨一個年稚的村童
回返
五十萬年前的舊家

一九八五年四月廿九日於尼亞

注：舉世聞名的尼亞石洞，位於砂勞越北部美里省，曾有大量史前文物
　　出土。此處「野渡」是赴石洞必經的渡口。

殘損的微笑——吳岸詩歌自選集

# 摩鹿山

我告別摩鹿山
走出森林
來到了雙溪百林努河畔
回頭望
摩鹿山
我看見你壯嚴的頂峰

　　那裡有美麗的鹿洞
　　神秘巨大舉世無雙
　　石壁上有海螺的化石
　　鐘乳下有祖先的足跡

我沿著雙溪百林奴
涉過急流
進入寬闊的巴南河
回頭望
摩鹿山
你正在把我俯看

那裡有我的族人
他們衣衫襤褸
在森林裡到處流浪
到處聽見伐木的聲響

在逶迤的河上
一排排木桐漂流而下
你已失去了踪影
一個峰迴路轉
摩鹿山
你又屹立在我眼前

來自世界各地的旅客
將到那裡獵奇
獵億萬年的洞穴
獵我族人的葬禮

我離開了巴南河
流浪在紛擾的都城
不論到多遠的地方
我回頭
摩鹿山
我又見到你高貴的皇冠

靜靜的雙溪百林奴
多少船兒競渡
掀起多少波濤
留下多少渾濁


　　　　　　一九九〇年十月三十一日　遊摩鹿洞口

注：摩鹿山（Mount Mulu）在砂勞越內陸，山下有世界最巨大的地下
　　洞穴和神秘的洞群，內有無數珍奇的動物和植物，現已開闢為旅遊
　　區。鹿洞為其中之一洞穴。摩鹿山地區亦為游牧民族普南族、加央
　　族及肯雅族人的家鄉。雙溪百林奴（Sungei Merlinau）出自摩鹿
　　山麓，匯入巴南河（Sungei Baram），流進南中國海。

# 降陸之前

## （一）

茫茫雲海上
隱約浮現一個島嶼
蓬萊可比得上它美麗？
我正猶疑
有人已指向窗外驚呼：
神山！神山！<sup>(注一)</sup>

## （二）

像整齊的鑽石
京那巴魯城<sup>(注二)</sup>
閃爍在
山之麓，海之濱
當波音徐徐而下
我又瞥見
丹絨阿魯的浪花
在招手
機艙內揚起

《重歸棱連托》——
我輕輕降落
　　神之土

　　　　　　　　　　　一九七九年五月

注一：神山即中國寡婦山，位於沙巴，海拔13,455英尺，為東南亞最高
　　　的山峰。
注二：Kota Kinabalu，沙巴之首府。

# 山打根掠影

第七號娼寮在哪裡？
高樓聳立
頂層
涼台上飄揚著漂白的衣服
三樓是佛理弘法會
彷彿有木魚聲傳出
二樓是香港理髮廳
開門處有女郎招呼
一樓走廊上
一群青年圍著玩抬球
樓下是醫務所
一位醫學博士
望了望桌前那蒼白的青年
在白卡上寫下
疱疹二號
門外
有人在售賣專治無名腫毒的藥膏
幾個少年
在爭睹新到的七彩天龍之子
溝邊

擁滿了黝黑的蘇祿人和武吉斯人
汽車在擁塞的行人中互鳴喇叭
雨季將臨
伊羅波拉港外
白浪滔天


一九八四年四月

注：第七號娼寮是日本影片《望鄉》中故事發生的地點。該影片描寫日
　　治時期流落在山打根的日本妓女的血淚史。

# 竹聲
## ——聽沙巴州ANGLUNG竹器樂隊演奏

輕風過處
一串風鈴響
從神山頂上
飄落一股玉泉
涼涼然沁入你的心田

當那瘦削的卡達山族漢子
把手中的指揮棒向空中一揚
飛泉頃刻變成瀑布
一泄萬丈
在里卡斯海灣<sup>(註)</sup>
　　發出萬千迴響……

註：里卡斯海灣（Likas Bay）為亞庇（即京那巴魯城）之一美麗海
　　灣，雄偉之沙巴基金大廈即建於其岸上。

# 讚美
## ——與楊丹君觀神山頂峰


你奔越阡陌
摘一枝蘆葦
自吉打河的晨曦

我飛渡叢林
懷千首美歌
激盪似拉讓江水

我們一道
攀赴一個神話
向九霄
向雲外

但此刻
我們卻蹉跌
自千仞的懸崖
入夜的深淵

何處
是它曠世的雄姿
絕代的風情？

且等待
於黑暗的重圍中
等待
以你朝霞的旋律
我澎湃的歌聲
迎接它
縱使是瞬息的幻影

一道白光
忽地自谷底躍出
頃刻照亮一個湛碧的天宇
你我在何處？
正想問
而它
已橫空出世於咫尺

啊　啊
我看到崢嶸了
崢嶸是它緩緩甦醒於晨光中的
　　巍巍前額

你看到晶瑩了
晶瑩是她恆古守望於峰頂的
　　盈盈的淚珠

而我已寂然
你已寂然
寂然於萬籟俱寂的天地中
同山石
同草木
一齊讚美
以無聲的交響
它的丰采
它的光輝……

一九八二年二月

註：神山亦稱中國寡婦山。傳說古代神山下有個美麗的土著姑娘，同一
　　位年輕的中國商人相戀，並結為夫妻。不久之後，青年商人隨商船
　　北上回鄉，臨別時對妻子說：「我一定回來。」誰知日復一日，年
　　復一年，青年不見歸來。美麗的妻子盼夫心切，每天登上神山的高
　　峰上，眺望由中國南來的船隻，最後終於化成石頭，永遠守望在山
　　峰。中國寡婦山，便由此得名。

# 老漁夫
## ——東海岸印象之一


把舟
　　　泊在沙灘上
獨自
　　　向無邊的海洋
老漁夫
你在盼望著什麼？

豈止十數個日和夜
你彷彿
　　　已盼了一輩子啊
而命運之海
依然如此
　　　詭譎

墨的雲
自天際吐出
驚濤如山
把駭浪壓碎
封港時節
今年何其早到

風蕭蕭
淹沒了
　　你的太息……

一九八一年四月三十日

# 漁巷
## ——邦咯島紀行

汪洋裡
一尊小小的廣澤尊王
在腥風中
以百年的坐姿
注視著堤外的晚潮
在他的背後
一道坎坷的石徑
蜿蜒向幽幽的山谷
九重葛的紅綠
掩映著咫尺相望的樓窗
狗兒在睡
半掩的柵門
傳出女人的呵叱聲
伴著兒童的啼哭
男人們出海去了
年輕人也像候鳥飛去
一株柳樹
孤寂地在深巷盡頭
等待歸人
堤上有人騷動了

殘損的微笑——吳岸詩歌自選集

海上揚起汽笛聲
回望
蒼茫暮色裡
一條小巷
一株垂柳
幾聲孩兒的啼哭
盡在
　　驚濤駭浪裡浮沉


　　　　　　　　　　一九八七年一月

# 亂瓦
## ──吉隆坡茨廠街素描

還帶著金馬崙夜露的玫瑰
已在汽車污煙中啜泣
從烤肉乾的濃煙裡
鄧麗君
開始柔聲歌唱
咖啡店開了
百貨商店開了
神料店開了
新娘禮服店開了
中藥舖開了
壽板店開了

拐入
後巷
謝絕了相命佬的真字
坐下來
叫了一碗福建蝦麵
正驚覺背後爐火的炙熱
眼簾
已伸入

一隻顫抖的掌

太陽徐徐上升
天邊
何時
又增添一幢摩天樓
銀行
閃著耀眼的光
悄悄
把一抹影子
撒向這街市上的
　　亂瓦

亂瓦下
人潮依舊
Lelong！Lelong！<sup>（注）</sup>
喊聲
　　競比高……

一九八二年十月

注：馬來語，意為「拍賣」此處指廉價拍賣。

# 華燈

一夜之間
吉隆坡
又增添了多少
　　霓虹燈

你正驚嘆
武吉免登的流星
和影院前
辛康納利
　　殺敵的英姿

「朋友」
一個陌生人的招呼
「請幫個忙」
你回頭
詫異變成啞然的
　　驚駭

一把匕首
向你腰間

微閃著青光
滿城的光燦
　　一剎那都
　　　　黯了……

　　　　　　　　　一九七九年七月

# 夜裡當電光一閃

夜裡當電光一閃……
我瞥見
一室飲勝罷的狼藉
滿地豪奪後的血污
有人在睡夢中驚叫
老鼠從捕鼠器上掙脫
一個救星在鐵窗下哀泣
一個老婦在神明前禱告
遠處
摩天大樓搖搖欲墜
窗內
你一雙不眠的眼睛

……隱隱滾動的雷聲

一九八八年一月

# 壁畫

踏出公寓第十八樓的電梯
迎面的牆壁
又變得一片雪白……

開始總有啼哭的小孩
隨手抓把青濃的鼻涕
往雪地上塗幾葉草綠
然後便開始一場
　　驚心動魄的集體創作

有人在角落透露神秘的數字
露茜的電話麗莎的暗碼
羅絲瑪莉的三圍
底下赫然還有包你滿意的
　　男人的長度
更有鬼馬
一筆完成夏娃的曲線
細膩處竟也纖毫畢露

晨市歸來的主婦

夜檔回巢的麵販
還有吞雲吐霧的少年
進進出出
你一抹酸黃的汗水
他兩掌炭黑的油污
再添點大麻的灰煙
那夜有個醉漢
一口吐出七彩生鍋

牆腳幾處龍爪鞋跡
紀錄著一場龍爭虎鬥
只有那悠悠的上空
敷了不知多少紅顏的淚
瞧滿壁 love you hate you
歪歪斜斜
滿天星斗
直到一個週末午夜
一個纖纖弱女
在騰空的電梯裡
決意不上十八層地獄遂
一刀向負心郎的懷抱
叫他在天堂門檻
濺一壁滿江紅

一九八七年六月　吉隆坡

# 餘興

酒過三巡

耳熱臉烘

來一曲怒髮衝冠

洩我心中憤

自古英堆多激烈

可惜起音太高

用盡丹田力

險些兒踏不破賀蘭山缺

正欲飢餐胡虜肉

卻竟似折翼鳥折騰不起

頹然倒斃

　　　在天闕外

　　　　　掌聲寥落裡


不要緊

請各位以熱烈的掌聲

歡迎安琪兒小姐獨唱

先一聲長嘆

獨坐雕鞍思漢皇

果然滿座神傷

便聽得朝朝暮暮暮暮朝

朝陽關初唱再唱終唱好

一個天長地老地老天

長一路上扭扭捏捏捏捏扭

扭卻乍然破涕為笑

嫣然向滿場漢家兒郎嬉嬉口哨

有人高喊再來一個

有人說不如

　　　包她一晚


而高潮總在後頭

當司儀宣布

名震遐邇的風雲先生

　　　要高歌一曲上海灘時

華堂裡

驟然風捲雷動

　　　浪奔

　　　　　　浪流

恩恩怨怨似江水

多少愛

多少恨

一發不能收

正一聲轉千灣

轉千灘

亦未平復此中爭鬥
這廂叫好
那廂已杯酒高呼
　　飲──勝！


　　　　　　　　　　一九八四年十月二日

# 斯里巴克灣之晨

你又年老又年輕
在喧囂的世界上
　　緩緩醒來
看薄霧籠罩著水上人家
教堂的金頂在晨曦中
　　閃閃發光
全世界的眼睛都在
　　注視著你
啊　汶萊
你已盛裝
在鮮花和
　　寶石的光燦中
靜待一九八四年
　　元旦的鐘聲⋯⋯

　　　　　　　　一九八三年五月七日　於斯里巴克灣


注：汶萊國將於一九八四年一月一日正式脫離英國獨立。斯里巴克灣市
　　（Bandar Seri Begawan）為汶萊的首都。

殘損的微笑──吳岸詩歌自選集

# 水鄉行

那舟子何其飄逸
一揮手
就將我射進
　　這漩渦碧綠

一時光旋浪轉
那船兒
彷彿要離水而去
人兒
要離船而去

卻有千家萬戶
忽地從海中升起
看水柱錯立
簷台櫛比
煙塵
人語
綿亙多少里

水鄉呵水鄉

人稱你是
　　東方威尼斯
我卻見你
若人海裡的
　　褐珊瑚
多少悲歡
多少榮辱
凝就你超凡的
　　奇姿

我心已激昂
激昂為你掏出詩筆
不料一個簸盪
紙兒詩兒
竟隨風飄去
捲落在
　　銀濤滾滾的
　　　　汶萊河裡……

一九八三年五月七日　於斯里巴克灣

注：在汶萊河與哥達央河兩岸，分佈著無數的水上木屋，連綿數里，蔚
　　為奇觀，稱為水村（Kampong Ayer）。水村內約有四十個村落，
　　二萬八千人口，村民以摩多快艇代步，水村之間更有飛速的「水上
　　巴士」川行，可供旅客乘坐觀光。

# 漢江

聽說今年春到遲
光禿禿的樹枝
連綿
似延長的面紗
輕罩
　　　你漠漠的淺流

但處處枝椏
已在抽芽
數不盡嫩黃的芽眼兒
正在寒風裡
　　　悄悄甦醒

待到東風萬里時
呵　　漢江
待到春滿人間時
這千里的紅花綠樹

豈不
把你浩浩的春潮
　　重重掩住？


　　　　　　一九八二年三月二十七日　於韓國漢城

殘損的微笑——吳岸詩歌自選集

# 新宿

這裡伸手可以撥弄天上的星星
但天上的星星哪有地下的星星燦爛
宴會就要結束
且為友誼乾杯
觥籌交錯中
天上的星星
躍入酒波
伴著地下的星星
在金樽下
翻騰起舞

於是整一整衣領
在美若天仙的姑娘的鞠躬中
莊嚴地
踏入水晶梯
緩緩
自星空
飄落星海

初春的風是冷的
街燈
閃著七彩以外的光
而且重疊
而且重疊成神秘的火焰冷冷燃燒
分一千路
向八方
燃成一個不夜的城

第一步
你就發現街道是垂直的
向下
沿著酒肆的醉眼向下
沿著壽司的巨口向下
沿著歌舞廳的粉腿向下
被音的狂風旋捲著向下
被光的輻射分解著向下
成一個魅影
魂遊
在幢幢晃蕩的魅影中

而底下是無底的
燈漸暗
不夜城

也有夜
不夜城的夜是赤裸的
赤裸裸的人
赤裸裸的笑
赤裸裸的床上
一頭赤裸裸的的獸
正用舌頭
舔食著
　　少女青春的殘碎

夜終於睏了
在漸漸走近的曙光中睡去
成覺寺的鐘聲由遠而近
世界
又自深淵中
緩緩
　　上升
　　　　上升

此刻
你訝然發現
發現你已站立在宇宙的中心
展眼
有一萬座抗震的文明的里程碑
高人雲霄
一輛黑色的轎車翩然而至
停下
一個紳士從容走出
整一整衣領
莊嚴地
步入水晶梯

目光
隨明窗
層層而上
至最高點
一個飛揚的太陽
遮住了
　　　薄霧中的春日

垂眼
一個清道夫
在大路旁
不停地掃著
　　掃著
掃著昨夜飄零的
　　櫻花……


一九八二年四月


注：成覺寺，俗稱「投棄寺」，在東京新宿歌伎町附近，是埋葬「遊
　　女」的墓地。相傳江戶時代曾有「內藤新宿馬糞堆裡盛開令人喜愛
　　的菖蒲花」之說。人們把「遊女」比作五月的菖蒲花，但是在花枯
　　萎後——即「遊女」死後，卻只穿一身白布和服，塞進裝米用的草
　　袋，投棄在成覺寺。寺內大約埋葬著三千多「遊女」，多數是為生
　　活所迫而賣身的農村姑娘。

# 碧瑤道上

在赴菲律賓碧瑤高原途中，一個約十歲的塔加洛少女，坐在她的當巴士司機的父親身邊，唱起了一首首菲律賓民歌⋯⋯

她開始低吟
聲音像巨石下冒出的流泉
當車子
在山腰盤旋

於是逐漸高昂
帶著激情和渴望
黃鶯的啼聲
在千仞的峭壁間迴盪

迴盪，迴盪
終於凝成一縷嗚咽
像在哭訴
姑娘們的不平

啊，瑪麗亞，瑪麗亞
當你的歌聲
縈繞在百花盛開的高原上
我的心
已墜落在碧瑤的萬丈深淵


一九七九年七月

# 今夜你能否安睡

　　八月廿二日報載，菲律賓民主運動領袖阿奎諾於廿一日
返抵國門時遭槍殺身亡，震驚之餘，忽然想起……

我忽然想起那在炎熱的夏夜裡
露宿在馬尼拉灣石堤上的青年男子
我曾為他擔心
擔心他一個轉身會從
睡夢中翻落滾滾的海洋
但他卻睏得那麼熟
一頭亂髮
抖動
在海風中
枕著一個小小的包袱
彷彿那就是他在世上所有的一切

不遠的公園
朦朧的燈光
照映著黎剎巍巍的身影
像在諦聽
像在等待

黎明前的潮水越發高漲了

陣陣波浪

拍擊著堤岸

彷彿在催喚著睏睡中的青年

醒來

　　　醒來……

啊

露宿在馬尼拉石堤上的陌生青年

我忽然想起了你

告訴我

今夜裡

你是否能安睡？

當馬尼拉灣掀起了洶湧的怒濤

人群在銅像下高喊：

Ninoy! Ninoy!


一九八三年八月廿二日　深夜於甲洞


注：胡塞・黎刹，十九世紀菲律賓反抗西班牙統治的民族英雄，傑出的
　　醫生和詩人，其銅像豎立於馬尼拉灣畔黎刹公園內。Ninoy是阿奎
　　諾的別名。

# 菲律賓女傭

繁華的沙漠中乍現的
　　一寸綠洲
冬天黑洞口灑落的
　　剎那光熱

在擁擠的行人的肩踵中間她們
互相擁抱
因為興奮而互相敲打著肩膀
用塔卡洛鄉音互相問候
有人在傳遞一張未寄出的照片
有人在搶讀一封家鄉的來信
她們歡呼
她們哭泣
在淚眼中看見
甘蔗園裡彎腰的母親
馬尼拉河畔流浪的弟妹
而周圍是冷漠的行人的
　　冷漠的
　　　　眼

華燈初上時
風沙又將把她們埋葬
又一個漫漫的長夜後
明天
可有另一次
　　海市蜃樓


一九九四年十二月


後記：十二月旅香港時，遇見大群菲律賓女傭聚集在銅鑼灣地鐵出口
　　　處，時行人擁擠，路為之塞。據說每逢週末她們有這種聚會，在
　　　香港多處可見。

# 旅者
## ——北京車站所見

他們熟睡
    在擁擠的廣場上
枕著行李
熟睡
    在南來北往的人流中

他們從哪裡來？
要到何處去？
鞋底附著的
    是黃河岸上的泥土？
帽上沾著的
    是塞外的沙塵？
衣襟上的斑駁
是昔日的淚漬？
抑是昨夜的酒痕？
安詳的臉龐上
一層霧似的風霜
掩不住
    失去的青春的
        夢影

但此刻他們已疲倦
疲倦如跋涉過
　　一個風沙的世紀
趁下一程火車未到
他們睡熟了
熟睡在清晨的陽光裡
鐘樓傳來八響鐘
一列火車
在迴盪的鐘聲中
飛奔向前
衝過了黑夜
向一個春光明媚的夢城
四周雜沓的步履
如星星
　　如花朵
把他們的夢兒
　　環繞……


一九八六年五月廿二日　北京

# 長安賦

## （一）

我馳騁十萬里

我飛越五千年

腳下是黑色的大漠

耳邊掠過塞外的長風

遠處

那恆不熄滅的

是古黃河燦爛的初光？

當三叉戟開始下降

長安

你可聽見

來自淼淼南冥外莽莽叢林的

　　我忽忽的馬蹄聲？

## （二）

依舊是玉關情深的

　　李白的一片月

依舊是映入鄜州閨中的

杜甫的清輝
猶記得
烈風不止的大雁塔
次第明亮的驪宮千門
渭城別來無恙？
灞陵柳色仍新？
問客從何處來
我曾是樂遊原上的歌者
西出陽關的故人
趁月色
把酒拿來
在千年酒碗的缺口上
受我
　　深深一吻


一九八六年六月六日


後記：一九八六年五月廿八日晚上八時許離滬赴西安，時風雨蒼茫。但
　　　飛機越上雲層後，卻見天宇明朗，機翼下莽莽雲海呈黑色，雲海
　　　西端邊緣，有一道長長的絳紅餘光，歷一句鐘，漸漸煨成紫金。
　　　十時許抵西安，下榻賓館後，已是午夜。旋驅車至城外宵夜，攤
　　　主以大碗盛酒招待，復問客從何處來，時明月當空。

# 信念
## ——觀秦俑有感

他們焚我以烈焰
坑我以沙石
而我不死
我等待
等待一萬年後
　　重見天日

這一天終於到來
我聽見掘井的鏟聲
我聽見人語
我興奮地挪動身體
而我的軀已折
骨已碎
驀然
一抹強光
伴著人間的驚呼
照見我
　　殘損的微笑

一九八六年五月廿九日　於西安

# 陽朔感懷

此刻
我的心
是你無痕的水
平靜是折騰後的一種
澄澈
正如一切微笑
流自悲泣
縱有你
嶙峋奇突的倒影
它曾經洪荒
曾經崩裂
曾經溶岩與狂濤與
　　　此後一萬萬年的風雪的洗禮
修成碧蓮朵朵


一九八六年五月卅日　桂林

# 登長城

步履艱難

攀登石級

朔風吹亂了他銀白的鬢髮

一雙膠鞋

踏遍全球

為什麼

只感到失落

多麼遙遠的路途啊

多麼長久的企盼

今天終於來到

我夢寐以求的目的地

他艱難地喘息著

生命

第一次感到充實

# 西湖之春組詩
——記九三年國際詩人惠州詩會

## 1.

我那習慣於炎陽的雙眼
剎那間竟
暈眩在你的光璨裡
久久
才看見幾座湧動的雪峰
幾朵亮麗的雪蓮
笑向我
一隻倉卒間落足在
點翠洲煙雨中的
南海倦雁

## 2.

聽說這裡曾是天牢
湖光曾閃著東坡的淚
朝雲別時
更曾天崩地裂
但此刻波光瀲灩
綠柳輕揚

千載的離合悲歡
都化作春風送暖

3.

而我們
來自四海五洲的
　　　二十四番花信風<sup>（注一）</sup>
不也曾閱盡人間痛楚
　　　世紀滄桑
此刻也匯成一路笑語
滿山花醉

4.

啊　都化作了春風
化作清明時節的喜雨紛紛
化作石塑唇上緩緩展露的
東坡的笑容
於是你潑墨揮毫
我狂歌醉舞
羨煞了九曲橋上的閒雲野鶴
啁啁然企盼
在你的狂草裡
留一瞬
永恆

5.

但我恆是一無所有的流放
只擁有一片浩海
一宇燦爛的星空
花園的美事
天方夜譚
我還來不及思考
你已把我根植在荷花池畔的
泥香裡 <sup>(注二)</sup>

6.

從此我沐浴在你的春風裡
也渴望你秋霜的練試
羅浮山前未敢奢望
香甜的荔果
只想朝朝夢醒時
問昨夜
曾否添一葉新綠
幾許根鬚？

7.

我乘春風來
春風送我歸

來時看你是茫茫蒼蒼風煙中的
翠堤玉塔
別時卻驚見你是巍巍峨峨
騰飛躍立中的廣廈雲樓

8.

惠州惠州
允我一顆心
留在孤山翠松間
不是疑你把我忘
只恐明春重臨時
徬徨四顧
不知西湖在何處？


一九九三年四月三十日　古晉葛園


注一：國際華人詩會於一九九三年四月三日至七日在惠州市西湖畔舉
　　　行。共有二十四位來自各國的詩人受邀參加，他們是徐遲、洛
　　　夫、白樺、綠原、野曼、曾卓、杜國清、管管、邵燕祥、舒婷、
　　　犁青、鄒荻帆、向明、吳岸、張志民、傅天琳、韋丘、孟沙、張
　　　默、張劍詩、李小雨、原甸、陳劍、嶺南人。
注二：「詩人花園」坐落於西湖的平湖畔，與會詩人受邀每人植一荔枝
　　　樹，並以詩人名字命名。荔枝乃蘇東坡所推崇者。

馬華文學獎大系　PG0760

# 殘損的微笑
## ──吳岸詩歌自選集

| | |
|---|---|
| 作　　者 | 吳　岸 |
| 主　　編 | 潘碧華、楊宗翰 |
| 責任編輯 | 鄭伊庭 |
| 圖文排版 | 王思敏 |
| 封面設計 | 王嵩賀 |

| | |
|---|---|
| 出版策劃 | 釀出版 |
| 製作發行 | 秀威資訊科技股份有限公司 |
| | 114 台北市內湖區瑞光路76巷65號1樓 |
| | 電話：+886-2-2796-3638　傳真：+886-2-2796-1377 |
| | 服務信箱：service@showwe.com.tw |
| | http://www.showwe.com.tw |
| 郵政劃撥 | 19563868　戶名：秀威資訊科技股份有限公司 |
| 展售門市 | 國家書店【松江門市】 |
| | 104 台北市中山區松江路209號1樓 |
| | 電話：+886-2-2518-0207　傳真：+886-2-2518-0778 |
| 網路訂購 | 秀威網路書店：http://www.bodbooks.com.tw |
| | 國家網路書店：http://www.govbooks.com.tw |
| 法律顧問 | 毛國樑　律師 |
| 總 經 銷 | 聯合發行股份有限公司 |
| | 231新北市新店區寶橋路235巷6弄6號4F |
| | 電話：+886-2-2917-8022　傳真：+886-2-2915-6275 |

| | |
|---|---|
| 出版日期 | 2012年5月　BOD一版 |
| 定　　價 | 340元 |

國家圖書館出版品預行編目

殘損的微笑：吳岸詩歌自選集 / 吳岸著. -- 一版. -- 臺北
市：釀出版, 2012.05
　　面；　公分. -- (語言文學類)
　BOD版
　ISBN　978-986-5976-17-0 (平裝)


868.751　　　　　　　　　　　　　101005288

# 讀 者 回 函 卡

感謝您購買本書,為提升服務品質,請填妥以下資料,將讀者回函卡直接寄回或傳真本公司,收到您的寶貴意見後,我們會收藏記錄及檢討,謝謝!
如您需要了解本公司最新出版書目、購書優惠或企劃活動,歡迎您上網查詢或下載相關資料:http:// www.showwe.com.tw

您購買的書名: _____

出生日期: _____年_____月_____日

學歷:□高中 (含) 以下　　□大專　　□研究所 (含) 以上

職業:□製造業　□金融業　□資訊業　□軍警　□傳播業　□自由業
　　　□服務業　□公務員　□教職　　□學生　□家管　　□其它_____

購書地點:□網路書店　□實體書店　□書展　□郵購　□贈閱　□其他

您從何得知本書的消息?

　□網路書店　□實體書店　□網路搜尋　□電子報　□書訊　□雜誌
　□傳播媒體　□親友推薦　□網站推薦　□部落格　□其他_____

您對本書的評價:(請填代號　1.非常滿意　2.滿意　3.尚可　4.再改進)

　封面設計____　版面編排____　內容____　文/譯筆____　價格____

讀完書後您覺得:

　□很有收穫　□有收穫　□收穫不多　□沒收穫


對我們的建議: _____

_____

_____

_____

11466
台北市內湖區瑞光路 76 巷 65 號 1 樓

**秀威資訊科技股份有限公司**　　　收

BOD 數位出版事業部

.......................................................................................

（請沿線對折寄回，謝謝！）

姓　　　名：＿＿＿＿＿＿＿＿＿　　年齡：＿＿＿＿　　性別：□女　□男

郵遞區號：□□□□□

地　　　址：＿＿＿＿＿＿＿＿＿＿＿＿＿＿＿＿＿＿＿＿＿

聯絡電話：(日) ＿＿＿＿＿＿＿＿＿＿　(夜) ＿＿＿＿＿＿＿＿＿＿

E-mail：＿＿＿＿＿＿＿＿＿＿＿＿＿＿＿＿＿＿＿＿＿